小康梦已实现，有记华年嘉事……

华年有记

叶秋文　著

团结出版社

图书在版编目（CIP）数据

华年有记 / 叶秋文著. -- 北京：团结出版社，
2021.5（2024.2重印）
ISBN 978-7-5126-8868-1

Ⅰ. ①华… Ⅱ. ①叶… Ⅲ. ①纪实文学－中国－当代
Ⅳ. ①I25

中国版本图书馆CIP数据核字(2021)第093567号

出　　版	团结出版社	
	（北京市东城区东皇城根南街84号　邮编：100006）	
电　　话	（010）65228880　65244790	
网　　址	http://www.tjpress.com	
E-mail	65244790@163.com	
经　　销	全国新华书店	
印　　装	三河市嵩川印刷有限公司	
开　　本	145mm×210mm　　1/32	
印　　张	6	
字　　数	140千字	
版　　次	2021年5月第1版	
印　　次	2024年2月第2次印刷	
书　　号	978-7-5126-8868-1	
定　　价	39.80元	

目录 / Contents

第一章　回乡高考

玲珑，清雅，像个别致的江南美人。

玲珑得亲切，清雅得动心。

恍如隔世的绿树民居、小桥流水，雕琢着江南淡雅、清新的水墨画。

眼前似乎熟悉的风景，让秋水突然屏息——她的家乡陈岙变得别致又美丽了！

时光无情，山河有意。花开花谢更迭，行走在故乡美丽的风景里，许多童年的记忆流失，但在秋水的身体里，依然留存着有情有义的物质——故乡情。

车本来可以直接开到叔叔家，但她早早地就下车了，她想多看看沿途的风景。

秋水哼着一曲《云水禅心》，齐肩的长发上佩戴着白色的草编圆凉帽，姣好的鹅蛋脸上透着青春的气息，1.60米苗条的身段着一袭淡粉宽松的现代中国风改良旗袍，脚穿一双平底白色绣花的老北京单鞋。她轻快地背着白色的背包，拖着一个银白色的大行李箱，行走在六月的阳光里，自在且惬意，开心又兴奋。

路上遇见说着乡音不相识的老乡，她也开心热情地打招呼。

十二年前，七岁的她随父母离开老家陈岙到福建省南平市求学，小学六年，初中三年，加上高中三年的时光，都是在南平市的南平学校渡过的。她是个文艺青年，中学时代喜欢看中外名著，喜欢听各种古琴曲，课余最喜欢写写格律诗词、现代诗歌、散文和小小说等，有些发表在校刊上，有些在市里获奖。她也喜欢画画，美术课的成绩都是A，她喜欢简易的山水水墨画，但通常都是为了交作业给老师或参加比赛，也为了给自己赏心悦目。运动呢，也是她喜欢的，每年参加学校的运动会，也会得个奖。

独立，坚强，乐观，喜欢幻想，如她。

现在独自回归故里高考，她远远地望见了这故乡的清溪，这熟悉的景致，透着如梦的幻象，让她遐思翩翩。于是，一首诗涌上了她的心头：

> 不借丹青画自融，水流西去日升东。
> 梦余驿道回桥处，诗在枫亭墨竹丛。
> 且赏一溪花满岸，犹看十里翠生风。
> 沿途闻得乡音醉，喜见庐园有伯翁。

村口楼桥旁的三棵古枫，尤其亮眼。据说已有300多岁了，四季常绿，枝枝蔓蔓得袅袅婷婷，远远望去，像三个绿裙舞娘在随风翩翩起舞，别有风韵，枫香可人。

古枫依偎着清秀的桂溪和雕刻精致的楼桥，犹如绿虹凌溪，一边系着历史，一边连着现代，无言地诉说着沧桑和美丽。

桂溪两岸种满桂花，所以叫"桂溪"。溪畔有精美的石栏杆相连，栏杆朝路的一面，雕刻着各种花鸟鱼虫的美图。在别处见过类似的栏杆，却没有老家这般地亲切。栏杆近旁，还有古意浓郁的高脚吊灯，远远望去，像是两队站岗的古装卫兵。

　　除了桂花，还有亭亭的溪柳拂岸，赏那诗情画意的一溪水，潺潺湲湲低语，如玉带镶村，令秋水心旷神怡。桂溪大概有 5 米宽，河道狭长，河床整洁清秀。

　　赏着一溪清波和沿途丽景，走在陈峇幽静的公路上，除了视觉的美感，还有一种幽静的气场，让秋水浮躁的心回归沉静。

　　似乎来到了世外桃源。家乡的天格外蓝，空气格外清新可人。温柔和煦的风里，五颜六色的花儿，姹紫嫣红，微笑着漫山盛开。远山如黛，层层叠叠，和长长的溪流与浩博的天空渲染成一幅写意的山水画。

　　这绿水青山，清秀，精致，一如当年模样。

　　举起手机，可以随意取景，随时按下快门，随处是一幅雅致的水墨画，或清秀或恬静或温润，却不失亲切。

　　秋水沉醉在故乡的美景里了。

　　回想起十二年前，在她的印象中，依稀记得老家陈峇只是一个普通的破败小村庄，村里只有几十间黑瓦木墙的土屋，还有先祖留下来的几处古迹和石桥，一条沿溪而筑的青石小道横贯全村，村里到处是两边长草的石头小道。村里人基本都姓叶，只有娶的媳妇是外姓的。山间的风景倒是秀丽，处处如诗如画。

　　叔叔和婶婶，堂妹堂弟，还有很多阿公阿婆与叔伯婶婶，早早地便在村口的顾枫亭下迎接她，不停地挥手叫着秋水的名字。

　　"秋水，我们都在这里，欢迎你回家！"叔叔大声又高兴地朝她这边喊着。

　　"嗨！我回来了！我回来了！我回来了！"秋水激动得热泪盈眶，拖着行李箱挥着左手跑起来。

"秋水,快点走过来,我们等不牢了!脖子都伸长了!"急切的婶婶笑眯眯地跑过来接她的行李箱。

大家你一句"秋水"我一句"秋水"地围着她叫。

叔叔叶茂奕,身穿白色 T 恤和蓝色牛仔裤,清瘦儒雅,是小学教师,是个热心人,十里八村的乡亲有事都喜欢找他帮忙。对于叔叔,秋水是有感情的,叔叔在她喜欢哭鼻子的娃娃时期就带过她,她对叔叔一直很敬重。她曾为叔叔画像赋诗:

常帮父老热心肠,沐雨梳风育栋梁。

吐尽蚕丝桃李艳,贤人自有口碑香。

婶婶吴雯妹,也是个善良实诚的小学老师,微胖的她穿着米色的套裙,笑起来很甜美。他们在仅隔一个山洞的临县——平阳县怀溪乡学校教书,他们俩几天前就抽空回老家打扫好了房间。知道秋水今天回老家,昨天就调课回村,准备好了中午的饭菜。

爷爷和奶奶育有四子,大姑叶茂莉在平阳开药店,二叔叶茂萱在江西上饶开裁缝店,爸爸排行第三,小叔叔在家里是老四,秋水和两个弟弟都习惯叫他夫妻俩"叔叔"和"婶婶"。爷爷、大姑、叔叔、婶婶等人都是党员。堂妹堂弟还在叔叔的学校读书,堂妹叶蓉蓉读初一,堂弟叶自坚还在读小学五年级。

村里人听说在大城市读书的秋水回来了,都纷纷自发前来迎接她,老老少少都热情地和秋水打招呼,拉手的拉手,帮忙拿行李的拿行李,村里顿时热闹起来。秋水拿出背包里的大白兔奶糖和其他花花绿绿的高级奶糖及旺旺仙贝等糖果饼干,一路分给村里的小孩,小孩们开心地接了糖和饼,并不着急吃。这让秋水很惊奇,换了儿时的她和两个弟弟以及小伙伴们,一拿到糖的话，眨眼的工夫就塞到嘴里吃光光了。

秋水不解地对叔叔说："我记得十几年以前的糖都是硬糖，除了吃出蔗糖味，基本没有其他的味儿。偶尔得到一颗大白兔奶糖，便口水直流地快速剥了糖纸，三下五除二就吃完了。现在的孩子怎么回事，手里拿着糖怎么都不吃啊？"

她还记得两个弟弟小时候吃糖囫囵吞枣的馋样儿，扑哧一声笑出来。她手里的糖永远是让给小弟弟叶信毓的，大弟弟叶信捷也总是让着他。大弟弟小秋水两岁，小弟弟小她四岁。

叔叔欣然笑道："现在的孩子想吃什么都可以买到，不贪吃了。"

秋水出生于 1972 年 12 月，对家乡的记忆还是停留在儿时的七十年代中期。父亲叶茂椿在福建开裁缝店，母亲郑艾翎在家里带着她和两个弟弟，家中经济比较拮据。那时孩子吃的零食少，基本上是到山上摘刺泡或万寿果等野果吃，或吃自家种的梨子或桃子等水果。偶尔有小贩挑个叮叮糖来，也只是打个几分钱解解馋。叮叮糖就是文成本地黄坦镇的特色小吃，故也叫"黄坦糖"，是文成儿童最喜欢的小吃之一。

再看现在村里的孩童，穿的都是各式各样潮潮的 T 恤和牛仔裤，脚上的潮鞋也是五花八门。

回想儿时，儿童的衣着也朴素，衣裤基本都是在裁缝店裁剪的布衫，毛衣也是母亲手织的，大弟弟穿旧了就给小弟弟穿。一双白球鞋，大的穿不下了，留给小的继续穿。

秋水兴奋地随大家边走边说边往叔叔家中走去。这个时候，村里年轻人不多，以老人、妇女和孩童居多，只有到了过年，外出经商和打工的乡亲们回来，村里才会热闹起来。

她认不出自己的老家了！

她的眼眶湿润了！

村口是一幅清雅的古风水墨画，有当年的风貌。

可是走进村里，随处可见现代味十足的建筑，和村口完全是两个世界，村里的世界像绚丽多彩的现代油画。当年的土屋早已不见，装修豪华的农家别墅、不同风格又规划齐整的排屋处处可见。很多人的房前、窗边和屋后都养着很多花花草草，花香袭人。有四通八达的公路，整洁的路边停着小轿车。村文化礼堂东侧的休闲地带，修建成了花园和草地，各种花树在绚丽斑斓地绽放，是散步和游玩的好去处。

叔叔家，就在离桂溪不远的排屋东边间。深咖啡色防盗门的两侧挂着一对红色的对联，联曰："十里云溪千叠味；四围空翠一堂风。"

秋水随叔叔和婶婶走进客厅，客厅里摆了黑皮沙发，茶几上摆满了水果糕点和茶杯，DVD 彩电在播放电视剧，迎面的墙上彩绘着一幅迎客松画。墙角立着一台海尔立式空调。

右墙挂着一幅书法作品，上面书写着清朝邓拓的名联："春风大雅能容物；秋水文章不染尘。"她被这副对联吸引住了，叔叔告诉她，此联是他们叶家人为人处世的座右铭，是爷爷留给子孙后代的家训。"春风大雅能容物"，意为做人的胸怀要像大雅的春风一样宽容。下联是当年校长爷爷叶平东为她取名"秋水"的原出处。"秋水文章不染尘"，此句为清朝邓拓的一副名联的下联，是从道家的为文境界拓展开来的，这里的"秋水"是指庄子《秋水》的玄思妙想中包含的大积极、大境界中深刻脱俗的内涵，亦如老子《道德经》里的"上善若水，水善利万物而不争"中如水的善行相一致，即泽被万物而不争名利的最高纯净境界。当然还有其他的释义，即谓文辞笔墨如秋水一般清澈明净，不沾染半点世俗尘埃，其深刻地潜藏蕴涵了一种脱俗无尘的境界。全联透出宽容无争清高的大境界，令秋水震撼了许久许久。

村里人也纷纷进来客厅，大家一起热热闹闹地围着秋水坐在客厅里吃茶、拉家常，乡亲们对她嘘寒问暖，亲切的乡音，熟悉的笑容，关怀的眼神，好不令她动容。

秋水得空和堂弟堂妹绕着叔叔家四层小洋房上下转悠，厨房的电冰箱、煤气灶、微波炉、电烤箱、小厨宝等应有尽有。每层楼的卫生间都有抽水马桶，还装有热水器。每层楼的卧房都有席梦思、电视机和电风扇，还装有台式空调。每一层房里的现代化设备和城里人的公寓一样，什么都不缺。

几位堂叔堂婶自愿前来掌厨和打下手，中午快开饭的时候，旁边几家近亲端来了他们自己煮的鸡鸭鱼肉，桌上很快摆满菜肴了。七大姑八大姨的，坐了满满两大桌。大家谈兴很浓，揪着秋水问她这十二年在福建大城市里的生活和学习情况。

席间，秋水知道了家乡酸甜多汁的"双桂蜜橘"闻名于江浙一带。陈岙村现已更名为桂东村，属于双桂乡管辖范围之内，双桂乡因为气候适中，土质优良，适合栽种柑橘。村支书叶永丰是个老党员了，他在八十年代初期亲自到台州市的黄岩区去考察，引进蜜橘新品种，自己带头先种起来，然后带动全村人都开始种。村中每家每户或多或少都种了上百株或几百株，秋收的时候，最多的人收获上万斤，基本上每家每户都有好几千斤的收获。如今，"双桂蜜橘"早已远销全国各地。

从村支书叶永丰和叔叔口中还得知，村里的其他种植业、养兔业和酿酒业也发展得不错。

乡政府西侧的明星企业——浙江帝师酒业有限公司在浙江省更是响当当的龙头企业，法人代表王光速是个老党员。产有各种酒类、红曲类，公司主要从事白酒、黄酒、果酒、红曲四大系列的生产，有100多个的产品生产和销售，公司年生产白酒 1000 吨、黄酒 10000 吨、红曲 800 吨，是浙江省酿酒大户和最大的红曲生产企业。双桂乡原始森林般的大环境，清澈甜美的山泉，加上本地特有的富硒糯米和特制的优质红曲，为帝师酒业酿制好酒提供了很好的保障。"帝师"牌米香型白酒、黄酒、红曲、"小金牛"浓香型白酒、伯温家酒等系列成了文成县超市的座上宾，更是文成百姓日常小酌的最爱。同时还开发出了有地方特色的红曲糯米酒、薏仁米酒、红蜜烧、猕猴桃果酒、杨梅酒等新产品，其中帝师牌米香型白酒、红曲被评为"温州市知名商品"。猕猴桃酒，杨梅酒被评为"浙江省优质农产品"。这些酒还远销到法国、意大利、西班牙等西方国家。帝师酒业招有员工 100 多人，解决了乡里部分剩余劳动力的难题。

"现在我们村一般的家庭，每年都有十几二十万的收入，还有更多的都有。"叔叔高兴地告诉秋水。

"乡里这些年外出经商的人也很多，几十万或上百万的大老板都有，桑塔纳、捷达和富康等豪车常常可见。这些大老板们热心公益事业，经常捐资捐款修桥筑路，扶危济贫。"村支书叶永丰滔滔不绝地说起来就停不下来。

村里的文化人还相告，村里以前出过一个名人——叶均居士，是中国研究南传上座部佛教的著名学者。他的译著有《法句经》《清净道论》《摄阿毗达摩义论》等，以《清净道论》最为著名。他曾被派往斯里兰卡留学，专门研究巴利语系佛学。后应中国佛学会赵朴初会长邀请，回国后任上座部研究生导师着手翻译佛典，一直在中国佛教协会从事研究工作。偶尔回乡探亲，远近乡亲们都非常热情地接待他，他留有《喜今朝》和《还乡记》等八首诗在村里。

村中的著名景点是金钟山的净因禅寺，净因寺总占地面积约 3500 平方米，为文成县首处对外开放的寺院，是县文保单位。净因禅寺是所在县——文成县的佛教发源地，每天有很多佛教信徒来朝拜，香火很旺。在寺门前放眼望去，四面都是秀丽的青山，桂溪的水流经寺前，古韵悠悠的青石小路铺在寺前。寺庙后面绿树葱茏，重峦叠嶂。净因寺在一片葱绿之中，古朴肃穆。净因禅寺与叶均居士也是有渊源的，寺里文化遗存丰富，寺中到处悬挂着名联。大雄宝殿的大门两侧，留有中国佛学会赵朴初会长的楹联："秋色平分南北雁；高风遥接东西林。"

村中还有一条闻名于温州一带的"余姚岭"红枫古道，斑驳的青石古道，比山光还俏的枫景，层林尽染，枫情画意，让远近的游人们流连忘返。

在双桂乡的西边，有个桂西村，祠堂是村里的地标性建筑，还有座有名的鹤狮山，村里盛产红心柚。秋水曾经去过多次，她写的两首诗可见桂西村的美丽风光。一首写《桂西祠堂》：

赢得风光足，清祠绿意妍。
墙呈诸类画，柱挂各般联。
入室心仪墨，临窗嶂接天。
遨游亦何幸，得见众乡贤。

另一首《探游桂西鹤狮景区》：

心醉东坡瀑，探游在碧涯。
巨岩留一线，老树见几桠。
赏日连屏阔，闻莺曲路斜。

柚林繁密处，或有故人家。

双桂乡包括桂东和桂西两个村，乡小学和乡中学就在乡政府旁。秋水当年读学前班的宝垟小学，就在村口三棵古枫的右侧，如今已经变成了养老服务中心。

大家滔滔不绝地讲了很多，秋水一一记在心里。故乡的变化太大了，她心里的喜悦之情溢于言表。

久违的淳朴乡情，不时感动得秋水红了眼眶。

秋水感叹道："我们村的日子越来越红火了，离小康不远了，大家这是要奔小康的势头啊！"

"是啊！小康可是我们大家的梦啊！"好几个人异口同声说道。

"奔小康，也是我们一家人的梦！"秋水感慨地回应。

热热闹闹地吃了午饭，下午和晚上她带着礼物走访了几个叔伯家，几个叔伯家里各种电器及现代化的装置也都是应有尽有，和叔叔家里都差不多。秋水真是吃惊，十几年的工夫，村里人的生活水平提高得太快了，都赶上城里人了。

第二天早上，秋水拜访村支书叶永丰，和他商议叫上村里的党员干部一起打扫村中卫生。他打了个电话给村主任叶永明，大家一拍即合，决定当天就行动起来。村支书到广播站一广播，全村的党员和干部都带上自己家的扫帚和簸箕等工具都来了，大家分好包干区就开扫了，从金钟山顶的公路一直打扫到桂溪边，村委会以及村中各条道路，党员们都一一仔细地清扫，尤其是村中的卫生死角，这次都打扫得非常干净。村里人看到秋水和党员们热火朝天的干劲，被感动了，纷纷加入了大扫除的队列。大家把垃圾该烧的烧，该填埋的填埋，该送垃圾站的送垃圾站。忙了一天，临近傍晚，总算打扫好了。看到村中的卫生状况得到了改善，全村的老老少少都很高兴。

大扫除回来，秋水全身都过敏了，她到叔叔家对面的村卫生室去看了看，卫生室的医师拿了息斯敏让她服下。之后，她回到叔叔家的卫生间洗澡，没想到村里的热水器和浴缸也都非常好用，她感觉在自己家里一样舒心。

刚洗完澡，村长叶永明叫秋水到他家里吃晚饭，盛情难却，又是自家叔公，秋水就应邀赴席了。席间，秋水和叶永明一家其乐融融地谈起了今天的大扫除盛况，大家欢声笑语地好不热闹。晚上的饭菜也丰盛，鱼和肉都有，还杀了鸡，加上其他干菜和蔬菜，有十来个菜。

秋水问："永明公，这些年，村里人的生活水平怎么提高得这么快啊？"

叶永明村长说："自从改革开放以后，我们村里的人去外面闯荡，很多人都发家致富了。全村人家家户户都派人帮政府修路，村里的路修好了以后，来这里做生意的人也多了。村里的柑橘、蓝莓、兔子和农家酿以及其他农产品的生意越做越大。精明的人到各自然村去收购，生意越做越大，慢慢地就跟全国各地的人都有生意往来了，大家的生活水平自然也跟上来了。"

"真是没想到啊！村里这些年发展得这么快，这么好，很多人比我们家在福建开店都好很多啊！"秋水竖起了大拇指。

回乡的第三天晚上，为了答谢全村人对她的热情招待，秋水花钱请人叫了放电影的人来村中放电影，电影的题目叫《泰坦尼克号》。旁边十里八村的乡亲听说桂东村放电影了，而且还是世界有名的好电影，都赶热闹来看电影了。一时间，卖小吃的买特产的卖玩具的都赶集似的赶来凑热闹了，村里像沸腾了一样，村干部和党员们都出来帮忙维持秩序，全村人像过节一样开心。

回乡赶考的日子，秋水在抓紧时间复习迎考的同时，她还抽空到乡亲家的田里一起去帮柑橘包外包装纸或一起去蓝莓基地帮忙摘蓝莓……

八十年代中期，叶永丰和叶永明等几位村干部为了帮助乡亲致富，请了县农业局的专家过来测试本村的土质，专家测试了后说村里的土质适合种植蓝莓。从温州打工返乡的村民叶茂迅愿意尝试先开始种植，他和村干部们远赴东北的蓝莓之乡——黑龙江省大兴安岭地区的加格达奇区引进蓝莓种子，带头先种起来，于是慢慢形成规模。叶茂迅等蓝莓种植大户被批准成为党员，带领越来越多的乡亲发家致富。现在，同村100多户村民也都陆续开始种植了，大家互相分享学习蓝莓的种植经验，村委会还经常开办有关蓝莓知识的讲座，现在每年蓝莓都大丰收，还做成蓝莓果酒，销往文成、温州等附近几个市县以及全国各地。如今，桂东蓝莓产业已经成为村里发家致富的支柱产业，县里领导经常来视察，县电视台还来蓝莓基地做了专题宣传拍摄。

老家的变化让秋水特别惊喜，在惊喜之余，她心里默默祝福大家的好日子像芝麻开花一样节节高。

秋水虽然住在叔叔家，但每天每顿饭都有很多个叔伯来叫她吃饭，她就分别在他们家里一一用餐。

村里童年时期同龄的小伙伴叶云飞比秋水大一个辈分，她长得高高瘦瘦的，齐耳短发，瓜子脸，每天就是短袖T恤搭牛仔裤，倒也时尚清爽。她初中毕业就去温州市区找工作了，在红黄蓝童装店当店长，最近回来探亲小住，她们俩就经常相约晚饭后散步，一起回忆童年时期的趣事。秋水记得她常常拿自家的白米饭到云飞家换番薯丝给弟弟吃，别人家吃怕了的番薯丝拿回家加点白糖，特别美味，弟弟总是嚷嚷着要吃，隔壁邻居都笑她们三姐弟傻。

"那时候我们很想吃白米饭的，你们经常来换，我们都高兴死了！求之不得呢！"叶云飞狡黠地朝秋水笑了笑。

"我们家没人种田，用爸爸开店寄来的钱买米买菜，没有办法啊！"秋水也会心一笑。

"爸爸不在家，那时候村里人都很照顾我们一家人，我一直很感动。以前村里随便谁家杀猪，全村人都会分到一碗煮熟的猪血、猪内脏和猪肉，大家也经常拿菜给我们家。在福建那么多年，我们一家人一直都记得乡亲们的好！"秋水由衷地说。

"秋水，其实当时我们大家都很羡慕你们一家人，你爸爸当老板，可以在外面赚钱。可我们只能辛辛苦苦地种田，一年到头也没有多余的钱。"

"现在大家都出去打工、做生意了，很多人考上中师和中专，吃铁饭碗的人也多了，村里人的日子越来越好了，我们应该高兴啊！你也要继续加油！"秋水用带笑的眼神鼓励着叶云飞。

叶云飞也开心起来了，她表示下半年还要去温州继续努力，将来有机会自己开一家店。

山村的夜来得早，村民们忙碌了一天，一般七八点钟就洗漱上床看看电视就睡了。

回乡期间，村里的其他年轻人会经常来邀请秋水一起到村里的景点走走。

回乡的日子，充满了感动和新奇，淳朴的乡情如酒，喝了就易醉。

第二章　小住县城

时间飞逝，半个月后的 7 月 7 日，就是高考的日子。

秋水一个人乘车到文成县城准备参加高考，妈妈嘱咐她住在妈妈的堂姐郑兰莹阿姨和李仕催姨父家里。秋水高考前的各项报名和准备工作，都是阿姨帮忙办理的。

李仕催姨父是文成中学的教导处主任，是学校的第一党支部书记。郑兰莹阿姨也是学校的资深老教师。夫妻俩都是老党员了，待客热情，为人谦和。姨父李仕催人很清瘦，1.75 米的个头，身着一件白色的短袖衬衫和黑色西裤，一副黑框眼镜衬托出他文质彬彬的书卷气。阿姨郑兰莹身材娇小，微卷的短发搭配一套银灰色的短袖与中裙套装，端庄稳重，气质不俗。

"姨爹，这是我爸妈亲手为您裁剪定制的一套西服，送给您当个见面礼！"秋水受父母之托，一进门见面之后，就把给姨父的礼物——一套深麻灰的西服拿出来呈上。

文成人称姨父为姨爹，称阿姨为姨娘。

"你爸妈太客气了！这太贵重了！"姨父面露难色地推辞。

"姨爹，我爸妈前次回来县城，看过您的身形裁剪的，秋冬天穿应该合身。这套衣服只不过是剪点布料而已，其他的都是我爸妈自己动手做的，花不了几个钱，就是一点点心意！我从福建大老远好辛苦地带回来的，请您一定要收下！"姨父这才高兴地收下了。

"你们有心了，谢谢啊！"盛情难却，姨父只得收下。

"姨娘，这一件大衣是我爸妈做给您的，也请您一定收下！"秋水拿出一件浅咖啡色的女式大衣递给阿姨郑兰莹。

"是妹妹和妹夫做给我的呀！太好了，这颜色很时尚啊，样子也大方，今年冬天马上就穿，我很喜欢，谢谢！"毕竟是妈妈自己的姐妹，阿姨欣然接受了，兴奋地翻看着大衣，爱不释手。

"您能喜欢真是太好了！"秋水很高兴，自家的阿姨果然好说话。

"这是你表姐晓华，今年高三了，和你一样要参加高考。"阿姨向秋水介绍了站在她身边穿粉红碎花连衣裙的女孩。

"表姐好！我叫秋水。"秋水大方地伸出手。两个女孩拉着手互相欣赏起对方。秋水今天穿了一件白色乔其纱无袖束腰的长连衣裙，加上飘逸的长发，纯真而又美好的样子，表姐很快就喜欢上了她。

"秋水，欢迎你来我家！我们都是同龄人，你叫我晓华吧！"表姐晓华有点腼腆。

"好的，认识你好高兴呀！"秋水碰到同龄人，而且还是自家的表姐，非常开心。

"那个是你的表弟晓群。"阿姨指向坐在客厅沙发上看电视的一个穿蓝色T恤的男孩介绍道。

"表姐好！"不善言辞的表弟木讷地向她打了个招呼。

"表弟好！"秋水向表弟回了个礼。

秋水从箱中拿出一套爸妈做的雪纺粉色连衣裙和一套白色的确良的衬衫与黑色棉裤组合的衣裤分别递给了表姐和表弟，

他们俩欢天喜地地接了过去。

阿姨家住在县城的建设路东侧，三层楼落地房虽然不是装修得很豪华，倒也简约整洁，家具和电器都应有尽有，俨然是一个小康之家。房前有一个无遮拦的小院，小院里种了几棵桂花树和樟树及一些盆栽。建设路的排屋格局显然比秋水的老家桂东村的更大气更精致，每户人家都贴着对联，房前屋后的花草和各种绿植盆景等等，令人目不暇接。

这里离在大峃老街的文成中学的考点比较近，表姐李晓华只大秋水一个月，表弟李晓群，在文成中学读高一，已经放假在家，阿姨家里就只有晓华姐弟，秋水住在晓华对门的三楼客房，客房收拾得温馨舒适，她和晓华相处得很是愉快融洽，一起温习功课一起赴考。

紧张的三天高考很快就过去了。

高考结束后的第二天早上近十点才起床。两个女孩昨晚上聊了一夜，睡迟了。临近中午了，晓华带秋水去县城二新街的"阿春拉面店"吃浙江有名的小吃——文成拉面。

这"阿春拉面店"是个老店，中等规模，生意兴隆，人满为患，店内弥漫着浓浓的面香味。她们俩等了一会儿，有一个靠窗的二人桌吃好了人起座离身了，才轮到她们坐下来。

这文成拉面果然名不虚传，是手工面，盛在一个大瓷碗内，粗粗的面身咀嚼起来特别筋道，肉末汤、蛋花、酸菜和葱花的完美搭配，令人口齿生香，与她在别处吃到的文成拉面不同。

两个女孩边吃边聊。

"这面太筋道了，太好吃了！我以前在外面吃过的文成拉面都没有这么有嚼劲这么香！"秋水不停地赞道。

"县城的文成拉面有三家是正宗的，老街另有一家，工会还有一家，这一家是待客首选。"看得出来，晓华对家乡有文成拉面这样的美味小吃很引以为傲。

到了文成县城秋水才知道，她以前在外地吃的文成拉面都不正宗，口感远远不及本地的拉面。

"我们文成还有很多百吃不厌的特色小吃，以后慢慢带你去吃哦！"说起家乡的美味，晓华的骄傲之情表露在脸上。

"听起来不错，改天一定要好好地大吃一顿。不过，今天已经吃撑了！"秋水已经开始打饱嗝。

"吃了饭，我们逛街去！"晓华热情地邀请秋水去逛街。

"好嘞！你陪我到处看看吧！"

"那感情好！"

秋水这才有闲心跟着晓华一路走一路欣赏起县城的风光。

这九十年代的文成县城中心地段，虽然不及现代大都市的繁华，倒也车水马龙，热闹非凡。二新街都是三层楼的民屋相连，一楼全是店面，到了十字路口右拐沿比较老旧的大峃街直上就到了最繁华的县前街。

刚好是十一点半时的下班高峰，在建设路和县前街的十字路口处，路的两边可见戴着红帽子和穿着红马甲的年轻志愿者在斑马线旁维持交通秩序。

"你们是哪里来的工作人员啊？"秋水问其中一个红马甲。

"我们是回乡的大学生，假期回来帮自己的家乡尽些绵薄之力。"

"我们在学校要好好学习积极进取，在家乡也要做好主人。我们已经写了入党申请书，争取早日入党，为祖国和家乡多做贡献！"其中一个可爱的红马甲热情地搭话，阳光的笑脸写满青春的活力。

"为你们点赞！你们的思想境界真是高啊！"秋水赞叹道。

县前街是党员示范街，很多店主都是党员，他们不仅自己做好规范经营、门前卫生清理等工作，还劝导其他店铺也要做好。县里每天安排党员开展流动服务，支部书记包街，部委员包段，普通党员包店，实行"门前三包"的责任制，开展城市管理文明劝导活动，倡导"城市管理靠大家，管好城市为大家"，通过一件一件的小事情、一项一项的好服务，树立了党员的新形象。于是，这里成了县城一道靓丽的风景线，并由此带动县城所有的街道。热闹的县前街四层楼的楼群比二新街和大峃街都高大气派，商铺林立，店面的装修也比较豪华。

站在县前街眺望文成县政府的办公楼，其外观很朴素，古旧的四层楼似乎是七十年代的建筑风貌，和繁华的县前街形成鲜明的对比。县政府前是一条长长的建设路，建设路的法国梧桐沿着路两边栽种，诗意而又清凉。

晓华说："我们县城这些年一直在建设当中，南边的华侨新村是公寓楼群，北边的苔湖新村都是四层楼的民房，县城建设已经形成规模。"

"是啊，现在我们的县城发展得真快！我记得七十年代末期从县城坐车到福建去的时候感觉这里还是破破烂烂的。"秋水感叹道。

"自从改革开放后，文成的变化真是大啊！"一路走一路感叹，秋水爱极了这家乡县城的风景。

从建设路穿过健康路就到了新丰巷，在大峃街和新丰巷路口处有一家"郑光字画装裱店"，秋水从包里拿出一幅前些天在老家桂东画的"东风自青山来"水墨画，放在这里裱框，店主说要二周后才可以拿，店主开了收据，秋水付了钱，她把收据给晓华，叫她二周后来拿，说是送给晓华的，晓华高兴地接受了。

两个女孩年轻有活力，脚力又好，边聊边逛，半天工夫就逛了大半个县城，到了伯温路的一家山珍公司，秋水被琳琅满目的文成本地土特产看得眼花缭乱。她兴奋地买了一些开袋即食的番薯干、油炸番薯片、兔肉干和兔肉松，另外又买了番薯粉丝、莴笋、苦槠豆腐和纱面等等。

满载而归，两个女孩开心地漫步在伯温路。

站在伯温路放眼望去，就是充满风情的泗溪河畔。只见伯温路与泗溪河相依相傍，似乎漫步在彩色的长廊，栏杆、亲水平台和壁画形成悠长悠长的幽雅之境，泗溪河与两岸远处的青山和天空构成一幅清新、大气、开阔的画卷，令人心旷神怡。

这泗溪河畔入诗入画。诗，是可心的；画，是流动的。人，如在画中游走，舒心，惬意，如诗唱吟。

白天的泗溪河，清新，明丽，诗意。

等秋水和晓华到了阿姨家，阿姨已经做好了晚饭。秋水送了一些文成特产给阿姨，让她做给大家吃。

晚餐前，晓华到隔壁邀请了她的好友李巧如来共进晚餐。巧如和秋水打过招呼后，很快就一见如故了，三个女孩特别投缘，很快就打成一片。

晚饭时，秋水吃到了白落地温蛋，吃到了珊溪的溪螺和溪鱼，还有文成本地的牛肉和糯米山药，家烧豆腐、粉皮烧梅菜、长脚菇炒肉末、酸辣蕨菜干等等都是第一次吃到，果然都是可口无比。阿姨有心把文成的特产做出来待客，秋水心里充满了暖意。

秋水一边赞阿姨的厨艺一边赞文成县城的风光。

姨父李仕催也在席间见缝插针地给秋水介绍了文成县城的

由来。文成县名取自元末明初著名的政治家、军事家和文学家刘基（字伯温）的谥号文成。明朝开国元勋、军师刘基死后，明朝第十一位皇帝明武宗于1514年下了一道诰令，说刘基"慷慨有志，刚毅多谋，学为帝师，才称王佐""占事考祥，明有征验；运筹画计，动中机宜"，是"渡江策士无双，开国文臣第一"，故"今特赠尔为太师，谥号文成"。经纬天地为文，安民立政为成，合言之，文成就是经天纬地、立政安民的意思。1946年12月，行政院核准以瑞安、青田、泰顺三县边区析置文成县。1948年7月1日，文成县政府成立。1949年5月8日文成县解放，6月改名大南县。1949年8月，恢复文成县原名。1958年10月撤销文成县，和瑞安县合并。1961年9月，文成县又从瑞安县析置出来。中华人民共和国成立后，文成县先后隶属浙江省第五专区、浙江省温州专区、浙江省温州地区革命委员会、浙江省温州地区。1981年9月，温州地、市合并，实行市管县体制，文成县归属温州市领导。

"学者型的校领导肚子里的墨水就是多啊！"秋水在心里把姨父夸了一遍又一遍。

姨父滔滔不绝地说了很多……

刘基给后世留下了《郁离子》《复瓿集》《写情集》《犁眉公集》《春秋明经》等作品，这些作品收录在《诚意伯文集》里，还有他的寓言《卖柑者言》通过卖柑者对自己的柑橘"金玉其外败絮其中"的辩驳，揭露出那些名不符实、徒有其表而无真才实学的人或物的丑恶嘴脸，有非常深刻的社会意义。文成县用刘基的谥号命名，也特别有意义，代表了安民的思想。

"真是长见识了，谢谢姨爹！"

秋水对姨父的博闻充满了敬佩，她读书的时候也曾读过刘基的故事和各种传说，今天方知，原来文成的县名是来自刘基的谥号，在民间被传得神乎其神的刘伯温就是在自己的家乡的大人物——刘基！一股崇敬之情，油然而生。

"姨爹姨娘，我代表爸妈敬你们一杯！感谢你们对我的热情款待！"秋水以橙汁代酒，敬了姨父和阿姨一杯。

接着，她又对晓华、晓群和巧如各敬了一杯表示感谢和欢迎。

阿姨说："秋水，吃完晚饭，你们四个年轻人一起到泗溪河边散散步吧！"

"晚上的泗溪河，别有一番风韵哦！"巧如加了一句。

"来文成，必须去赏一下夜景，我们一起去吧！"晓华也高兴地表示愿意再出去走走。

秋水自然是满心欢喜。

泗溪河的美，白天还没有看够。

果不其然，晚上的泗溪河在县城的霓虹和河边彩灯的映衬下，真的多了一些神秘和梦幻的色彩。河两边有婀娜多姿的垂柳与各种绿树，有楼群，有三排彩灯，它们及其倒影映在河中，形成了五光十色流动的光影，为泗溪河增添了无穷的魅力。四个年轻人走在亲水平台上，只见霓虹旖旎，河风送爽，游人如织，考试又都已结束了，自然有说不出的舒心。

经过伯温路的大鹤亭，只见一帮老人在用收音机听温州鼓词，女中音唱得铿锵有力又悦耳，这温州鼓词特别震撼人心，四个人停下脚步听了一段，唱的是《陈十四娘娘》的故事。温州鼓词，在文成俗称"唱词"，也称为"娘娘词"，老人们甚是喜欢，是夜晚纳凉时最爱的节目。

秋水被美丽的泗溪河畔迷醉了，散步回来后就写了一首七律《泗溪河》：

谁绘山城水墨吟？四时红绿任光阴。

一堤柳色凭风舞，九曲霓虹和月侵。

大鹤亭中听故事，湖滨汀上惜新音。

西洲狂涌思乡曲，唯见清溪映素心。

第二天，阿姨一家人带秋水出游文成最著名的景点——百丈漈。

有八山一水一分田之称的文成县，这些年来一直在打造生态旅游县。每逢外地客人来此，主人们都会带客人到各处景点参观，然后品尝文成各地美味的农家菜。本地人每逢周末或节假日，也会三五成群地约起来到本地各处景点走走吃吃。

清雅秀丽的绿水青山，一直是文成人的骄傲。

一行五人驱车到文成县城郊外，由姨父开车。

郊外的风光明朗、清丽、纯净、透明。秋水感觉自己脱胎换骨，有一种久违的轻松随意，看着蓝天上白云飘飘荡荡，群山中叠翠深深浅浅，感受熏风轻快的絮语，意外的惊喜和不期而遇的美丽，把秋水深深地感染了。

经过龙川，一路上花开得美丽，洗涤了一种意境。湛蓝、青黛、翠绿、明黄、洁白、鲜红、纯紫……所有的颜色，至浓至纯，所有的色彩，清澈透明，如此地纤尘不染，秋水被家乡的丽景深深地感动了，心里的烦烦忧忧和牵牵绊绊一扫而空。

李显今老师一家一路上跟秋水介绍了很多文成著名的景点，除了百丈漈，还有天顶湖、刘基故居、铜陵山、龙麒源、猴王谷、飞云湖、安福寺、刘基庙、朱阳九峰、峡谷景廊、红枫古道……

20分钟后，她们到达国家级重点风景名胜区——南田的天顶湖。天顶湖是一个人工湖，是建国初期南田的党员们带领南田的干部和群众为修建水库拦截高山之水而围成的，天顶湖的湖水就是百丈漈的源头。靠在大坝的栏杆上远眺天顶湖，只见清澈如明镜般的湖水有超凡脱俗的美，阳光穿过如纱如缦的湖面，开阔的湖面上烟波浩渺，水天一色，湖心有朱砂色的岛屿，环绕的重山倒映其中，构成一幅彩色开阔的画卷。这天顶湖和西湖比起来，别有天地，别有一番滋味。有人写诗赞曰："未识深闺女儿身，丽质憨态天生成。西湖胜你三分色，你赢西湖一点真。"观此湖光山色，物我皆忘。

来这里旅游的游客很多，大部分是温州市和周边几个县的，还有自全国各地远道而来的，也有意大利等国的归国华侨带回来的老外。

文成县政府有优惠政策，本地人和学生出示身份证来此旅游，门票只要半价。

五人随着人流沿着天顶湖大坝往下走，克服了一层层的石阶，很快就看到了闻名海内外的百丈漈飞瀑。据悉，百丈漈是中国第一高瀑，有"神州第一瀑"的美称。它为三折瀑布，俗称头漈、二漈、三漈，因三级瀑布高度合计有272米高，落差折合鲁班尺100丈盈2米，故名"百丈漈"。百丈漈为阶梯形瀑布，有着"一漈百丈高、二漈百丈深、三漈百丈宽"之说，也有一漈雄、二漈奇、三漈幽等特色。

站在观瀑亭欣赏轰鸣如雷的一漈和碧绿的潭水，感受被瀑水溅起的满山烟雾，人若醉身仙境。207米高的一漈飞瀑仿佛从天上飞来，素练悬于长空，飞珠四溅。不禁让人想起前人的观瀑诗："悬崖峭壁使人惊，百斛长空抛水晶。六月不辞飞霜雪，三冬更有怒雷鸣"。

打伞快速穿过二漈的水帘洞，似乎到了西游记花果山的水帘洞。二漈有一个凄美的神话传说。飘洒的瀑流落进深潭，形成方圆五亩的龙潭。相传龙潭有百丈深，通达东海。当日上东山之时，常有龙女跃出水面，端坐在金椅上梳妆。潭前有一块长10米高5米的大方石，就是龙女的梳妆台。有一个牧童经过此地，看见了正在梳妆的龙女，被美丽的龙女吸引。美貌的龙女与痴情的牧童一见钟情，他们相爱了。但是，专横的龙王棒打鸳鸯，导致牧童冤死，龙女被幽禁于龙宫。后来牧童的灵魂化为金鲤鱼，常常与龙女在此相会。

轻松走过幽静的三漈景区，身心舒畅。越往下走越轻松，很快到达峡谷景廊。

进入峡谷景廊的路边，很多商家在这里摆摊售卖文成本地的土特产。

峡谷景廊是一个叠翠深深而又神秘幽深的峡谷，是一个自然纯净，不染世尘的原始画廊。

到达峡谷景廊的出口，已是中午时分。大家在峡谷景廊出口的农家乐吃午餐，秋水吃到了更多的具有文成特色的农家菜。

和文成人的朴实无华一样，文成特色的农家菜可看出其饮食文化的朴素自然。

先端上桌的是一种叫作白落地的清茶。干净透明的玻璃水壶，盛满了开水，开水中婀娜地飘曳着几株绿色柔软的白落地和几粒红色的枸杞。秋水喜欢那个白落地茶，都舍不得把它喝进肚子里。红与绿恰到好处的搭配，还有这白落地的名字，让这茶变得诗意起来。本就有诗心的秋水，一下子就爱上了这白落地茶。

主菜没上之前，早有四个大的盘头分别置于桌子的四角，大家边喝茶边吃盘头，静等上菜。这里农家乐的生意特别好，尤其碰上周末、假期和年节。

　　文成人待客的头盘菜是文成的番薯粉丝，一大盘晶莹剔透的金黄色粉丝配有肉末、花菜、豆荚、红萝卜、香菇、豆芽、洋葱、葱花，热腾腾地香气扑鼻还嚼劲十足。接着，陆续上了农家猪蹄、农家鸡肉、狗肉、包头鱼、泥鳅干、生地、芋泥、竹鞭笋、鸡腿菇、苦槠豆腐等菜，很多都是没有听过见过的，都是第一次吃到，真是大快朵颐了。

　　没想到，文成人对本地的土特产也有自己的烹饪方法，对吃还真有自己独特的讲究。真是一方水土养一方人，一方山水有一方风情，一方风情还别有一方诗意。

　　"中午吃了饭，我们顺路还有一件事要办。"阿姨说。

　　"是的，等下回家路过徐村，我们去看两个小朋友。"姨父接着说。

　　"好呀！办事要紧，我们一起去吧！以茶代酒，谢谢你们丰盛的午餐！"秋水不知何事，出于好奇，她也想探个究竟，端起杯子说完话，就拿白落地茶敬了大家。

　　"我爸有两个资助对象，是家贫的学生，住在徐村。爸，等下就是去他们家吧？"晓华嘴快，不假思索地就说出来了。

　　姨父和阿姨笑了笑，没有回答。

　　吃了饭后，在开车回县城的路上，车在离县城约五公里的一户木式结构的农家门口停下来，大家都下车跟着姨父走了进去，阿姨从车后座拿了两大袋的东西随后跟进来。

　　走进无漆的木门，看见这家的男主人坐在屋内一角，慢性病容，人消瘦，衣着也朴素，着深色的衬衫和深色的裤子，大概四十来岁的模样，看见客人来了，冲大家笑了一笑打了招呼。女主人在厨房洗碗，看见来客人了，马上放下手里的活儿过来招呼客人。

"呦！是李老师和郑老师啊，你们俩又来看我们了呀！真是太感谢了！坐！坐！坐！"朴实的女主人一边招呼一边搬凳子给客人坐。她叫李淑萍，36岁了，身穿洗得发旧的短袖套头花布衫和黑色七分裤，脸上有着善良淳朴的笑容。

"不用客气！我们很快就走的！就是来看看两个孩子。"

这家屋内摆设确实简单，三十平方米左右的一楼，靠近门侧有一张木长椅，右侧的厨房灶台是旧式青砖垒的那种，灶台后面有几样耕作的农具。左侧是一张木餐桌和几把木椅，桌旁的木碗柜上的很多处漆已经脱落，屋里没有几件像样的家具。

"阿坤，阿骏，你们俩下楼来拜见老师啦！"女主人李淑萍朝楼上喊。

很快木楼梯响起了脚步声，两个长相非常相似的双胞胎男孩穿着一样的白色 T 恤衫一前一后跑下楼来。

"李老师好！郑老师好！"两个男孩很伶俐地问好，大概十二三岁的模样。

"张坤，张骏，最近考试考得怎么样啊？"姨父问道。

"语文和数学都是 100 分，其他的也都有 90 来分。"李淑萍答道。

两个男孩腼腆地红着脸站在一边不敢说话。

"很好呀！兄弟俩都不错啊！"阿姨夸道。

姨父也投以赞许的目光给两个男孩。

男孩的父亲名叫张久荣，39 岁，患有慢性先天性心脏病。年轻的时候在温州打工太拼了，在一次工作中发病住院后身体一直不好，长期吃药，也没有劳动能力。就靠李淑萍在家务农苦苦支撑着这个家。幸亏有姨父和阿姨一直在长期资助他们，还有同村人和亲戚们也或多或少都资助过他们，才得以维持两个孩子的学费。穷人的孩子早当家，两个孩子非常懂事，在徐村小学读六年级，不仅学习好，还会帮妈妈做很多农事。

姨父在一次和教育局领导视察徐村小学的时候得知张坤和张骏家的情况，后来独自主动和他们家联系上，他心疼两个孩子，就长期捐款捐物帮助他们。

姨父和阿姨跟李淑萍聊了一会儿，走到张久荣身边问候他并和他也聊了一会儿天。

临走的时候，姨父递给李淑萍一个厚厚的信封，里面够两个孩子九月份开学的学费了。

"淑萍，这些衣物和书包你分给两个孩子。"阿姨把两个袋子移近，推到李淑萍面前。

"谢谢！谢谢两位老师！你们给我们的帮助太多了，只有叫两个孩子努力读好书，才对得起你们多年来的帮助！"李淑萍的眼眶红红的。

两个孩子也懂事地一直在答谢："谢谢老师！谢谢老师！"他们的爸爸张久荣坐在一边更是感动得说不出话来。

秋水被姨父和阿姨助人为乐的精神感动了，也对这一家人生了悲悯之心，她从包里拿出钱包，拿了500元钱往李淑萍手里塞。

"淑萍阿姨，我呢是学生，钱不多，这点钱你留着家用吧！"

"囡囡，不可以拿你的钱啊！我心领了！"李淑萍塞了回来。

"我爸妈在福建做生意，我们家有钱的，这点钱不算什么的，你们比我们更需要。"

姨父和阿姨也没有想到秋水有此一举，他们俩也帮忙秋水劝李淑萍收下。

秋水好说歹说才把500元钱塞给了李淑萍。

告别了张久荣和李淑萍一家，在回县城的路上，大家都很感慨。

"秋水，我们捐款给两个孩子的事，就我们自己知道就好！"姨父和阿姨要秋水做好保密工作。

"明白，学雷锋做好事嘛！"秋水知道姨父一向助人为乐，为人却低调。

阿姨和姨父原来也是农民的孩子，尤其是姨父，以前得到过亲戚的帮助，努力学习考进了师范，在学校努力教书育人，处处与人为善，才有了今天这样的好日子。他深知农家的孩子为了读书很不容易，像张久荣这样没有经济来源的家庭，孩子想读书成才就更难了。现在有能力帮助困难的人，也算是对自己学有所成后回报社会的慰藉。

秋水对姨父和阿姨之举充满了敬意，在心里暗暗地下决心要向他们学习。

游玩回来后，秋水当天下午就写了一首五律诗《游百丈漈》

> 疏影凉微淡，随朋乐共游。
> 瀑飞三漈绝，烟漫半山幽。
> 叠翠皆成画，生清遍是绸。
> 何如相醉去，回梦怎将留。

晚饭后，秋水抑制不住心中对家乡山水的热爱之情，又写了一首词《临江仙·游峡谷景廊》：

> 正遇山花开笑靥，青葱遍点幽林。彩晖穿树万千针。嶂重犹叠翠，游动亦流金。

客影游踪皆入画，游鱼随意浮沉。好诗先被鸟儿吟。已然深醉了，竟共此喑喑。

"秋水，你的诗词，出手不俗啊！"

"秋水，你的诗词写出了文成风光的婉约之美。"

"表姐，你的诗词真棒！"不善言辞的表弟也开口赞她。

阿姨一家都是文化人，对她的才情由衷地称赞。

"谢谢大家的鼓励！要写出家乡的美，我还要继续努力！"

家乡的人，在秋水眼里特别亲。

家乡的风景，在秋水眼里特别美。

第三章　移居瑞安

"秋水，高考累了吧！我们一家人都回来了，你考好了就回瑞安吧！"妈妈来电告知，爸爸妈妈和两个弟弟都回来了。之前，她已经跟阿姨和姨父通过话，并在电话里致谢了他们。

秋水的父母之前已经在温州市区近旁的县级市——瑞安市区买了房子，趁秋水回来高考之际，一家人干脆都从南平市搬回瑞安市了。搬到了瑞安市区的瑞安商城近旁，为的是方便家里的生意。父母还在瑞安商城买了店面，主要经营服装类。瑞安商城和义乌商城一样，近些年声名鹊起，吸引了来自全国各地的生意人来此经商和定居。文成县和瑞安市都是隶属于地级市温州的，来来回回的车程最多都只有一个小时左右，随便到哪里都很方便。

"那真是太好了！我会很快回家的。"秋水雀跃了。

落叶归根。一家人总算都回来浙江了，秋水心里像乐开了花儿似的。以前，因为一些历史原因，校长爷爷去世，爸爸和二叔都到外地经商了，常年客居在异乡，都特别思念家乡，大家都一直梦想着回温州老家，因为根在这里，亲戚朋友都在这里。现在一家人的梦想实现了，大家都有了回归自己故土的兴奋。虽然老家在文成县的桂东村，但桂东和瑞安只有半个多小时的车程，要回老家桂东也颇为方便。

"老姐，你考得好吗？"

"老姐，我们都在瑞安家里了，我们都想你了，赶快回来！"

两个弟弟也催她回家了。

"考得一般般。好的呀，我尽快回来，我也想你们大家！"秋水与家人分开近一个月，她也想家人了。

因为福建省和浙江省高考的书本和范围不同，很多知识点都有差别，秋水感觉自己高考不够得心应手，所以也不大乐意谈及高考的话题。但是，想家，却是想到骨子里的。回家，更是她迫切的想法。父母和弟弟在哪里，家就在哪里。她高考的这些日子，父母和弟弟也回来忙着打扫瑞安的新家和置办家具。

高考后的第三天早上，秋水辞别了阿姨和姨父一家，坐文成到瑞安的班车回家了。

一路上风光秀美，时髦现代的楼群和秀丽开阔的飞云江不时掠过眼前。

飞云江是整个温州市的"大水缸"，其上游由涓涓清流汇成，由高到低，由远及近，由局部至整体，聚成浩瀚江水。沿途偶遇阻力，它们仍以翻滚之势，冲破一切阻挡，欢聚成绿色清秀的飞云江。也有词云："春来江水绿如蓝。"飞云江的上游是飞云湖，文成飞云湖的江水，就是白居易描述的这绿如蓝的典型。在晴光融融的春日，赏湖光潋滟，白鹭逐波，像是到了蓝色或绿色的瑶池幻境。

车经过高楼、马屿、仙降等镇，最后经过飞云江大桥，很快就到达瑞安的三圣门汽车站了。

大弟弟信捷早就等在车站出口，秋水一下汽车，他就一眼认出了戴着白色圆帽穿着白色雪纺短袖连衣裙的秋水，嘴里喊着"老姐，老姐，这里，这里！"他就飞奔似的过来接她的行李了。

"老姐，从文成到瑞安，汽车开了多少时间啊？"

"我感觉没多少工夫就到了啊，一路上山水风光太美了，我只顾着欣赏美景了，一个小时不到吧！"

姐弟俩有说有笑地随着下车的人流走出三圣门汽车站，秋水目不暇接地欣赏起了瑞安这个城市。

历史有声，岁月无痕。改革开放犹如一夜春风，为原是小县城的瑞安注入了新的活力，瑞安在改革开放后进入了空前的大发展期，从一个小县城完成了凤凰涅槃般县级市的华丽蜕变。如今的瑞安市果真也是个发展得很不错的城市，城市建设看着比地级市南平还热闹繁华，怪不得父母当初会相中这座城市回来定居。

"阿捷，我们瑞安的新家在哪里呀？"

"老姐，三轮车没几分钟就到的，别急啊！"

三轮车载着秋水两姐弟跨过很多条街，约5分钟左右就到达飞云江旁边的一条街道，他们很快就到了飞云江边兴业路自己五层楼的新家。

父母和小弟弟信毓都等在家里，等着秋水回家吃一顿回温的团圆饭。

看见秋水回来了，在一楼客厅的小弟弟别提多兴奋了，朝楼上不停地喊着："爸，妈，老姐回来咯！老姐老哥回来咯！"

瑞安的新家秋水也是才知道的，往常都是父母叫亲戚或他们自己轮番回来打理，他们姐弟仁都被父母瞒在鼓里。因为考虑三个孩子都要回文成考试，自己家庭的事业也要从离文成较近的瑞安重新起步，父母早就做好了一切打算，又怕孩子们舍不得南平的老师和同学，才决定临时告诉三姐弟。秋水因为忙着参加高考，一直还不知道瑞安有个新家，两个弟弟也是不久前才知道。

由于刚回来，一切从头开始，瑞安新家所有的一切对三姐弟来说都是新鲜的。一楼和二楼粉刷好了却还空着，准备开个小型的家庭服装加工工厂。

"爸，妈，我回来了！"秋水和两个弟弟把行李拖到三楼。

"回来得挺快啊！快搭把手准备午餐吧！"父母从来不娇宠他们三姐弟。

"好嘞！我先把文成的特产拿出来给你们。"秋水拿出来一大堆的文成特产。

"都是些什么好东西啊，快点给我！""我也要！"两个弟弟高兴坏了，抢着要吃。

"还好买了开袋即食的兔肉松、兔肉干和山蕨干。"秋水心里暗想。

"你们两个小馋猫，老姐早就知道你们会向我讨好吃的，还好我有备无患！看，这些老家的特产，都是你们在福建没有吃过的吧！"

"嗯，好吃！""真甜啊！"两个弟弟早就打开了番薯干的袋口开吃了。

"这些番薯干是姨娘和姨爹送的！"

秋水也往自己嘴里放了一根番薯干。虽然在福建也吃过袋装的番薯干，但吃老家人工晒干不添加防腐剂的番薯干，金黄色，透明的，块大又厚实，有一种特别亲切的香甜和嚼劲。

"这些番薯干还带着阳光的味道呢！刚晒好没多久的，爸妈也尝尝。"秋水往父母口里也一人塞了一根番薯干。

"咋家的女儿就是懂事！不错，不错！老家的东西就是好吃！"老妈眼皮也没有抬一下，"嗞嗞"地翻着锅里的菜，但是依然对家乡的特产赞不绝口。

"嗯，忘不了的好味道！"老爸一边点头赞好一边帮着打下手忙厨房里的活儿。

秋水还拿出了莴笋和马铃薯干等其他的文成特产放在厨房，有一部分是阿姨和姨父送的，都是一些干菜。

"姐姐和姐夫拿了这么多给我们啊！"老妈道。

"我们以前回文成，亲戚们也会送特产给我们，但是很快就被福建的朋友们拿去了，因为他们那边没有这些东西，所以很抢手。"老爸接口了。

"这样啊！真好啊！"秋水帮忙拿碗筷。

一家人忙了不一会儿就开饭了。

午餐的菜很丰盛，摆了满满一桌，除了秋水带回来的几个文成特产，贤惠的妈妈还买了瑞安风味的糕点和菜，桌上有一盘白色的李大同双炊糕，秋水和弟弟都喜欢吃。

"你们有没有想念南平的同学啊？"一家人欢庆团圆碰了杯后，爸爸问三姐弟。

"想啊！你们非要回来，有什么办法呢？以后只能写信给他们了。"小弟弟眼眶红了，擦着眼睛。

"我同学善发和敏文他们都到处打电话问我的情况呢！"大弟弟自然也舍不得他的好同学和好朋友，他回来没几天却已经打了好几通电话回南平了。

秋水也想念她南平的同学和好友，不知道苏舜娣等同学考得怎么样了，她也着急想跟她们联系了，但她们也像她一样是回乡高考的，不知该如何联系。

其实，秋水心里最惦记的是她暗恋的一个男同学，他的名字叫李春风，1.78米的清瘦个头，戴着眼镜，看起来儒雅又斯文。这回乡的每一个日子里，都深藏着对他的思念和祝福。

她曾把春风的名字放在心里默念千万遍，把他写成诗：

用最柔最柔的声音
温柔地叫你的名字
在每一个白日

在我的心里
你的名字是诗词
是百年的相思文字

用最轻最轻的声音
轻轻地唤你的名字
在每一个夜晚

在我的梦里
你的名字是梦幻
是千载的滴泪散文

用最真最真的心
低吟你的名字
在春天

在我的眼里
你的名字是春光
是前世的烂漫诗篇

用最美最美的情
浅酌你的名字
在秋天

在我的脑里
你的名字是秋景
是来生的美丽期待

饭桌上，秋水跟家人简单聊了一下回乡高考的种种，一家人都希望她考上她自己中意的大学。

回家的当晚，秋水对乘车时一路上飞云江大气的美丽风光久久不能忘怀，于是满怀豪情地写了一首《定风波慢·飞云江》：

得清源、南洞宫山，乾坤孕育气概。纵骋天川，横驰大地，飞向云尖外。舞青龙，挥玉带。百转回环下东海。豪迈。望滔滔碧浪，千般澎湃。

绝尘自精彩。纳空灵、万里风光派。奏渔歌，更把芬芳润化，诗画谐天籁。趁晴阳，吟欸乃。鱼米之乡处处在。慷慨。一往无前，雄姿长在。

接下来的暑假，三姐弟帮忙父母买了缝纫机、加边机、熨斗、裁衣板、马达、剪刀以及各种办家庭服装加工厂的设备和用具。除了20台缝纫机和加边机是另一个家庭工厂购过来的八成新的二手货，其他的基本上是去瑞安市区或商城批发过来的。瑞安商城以批发服装为主，因此一切跟服装有关的用具和辅料应有尽有，就是要花些人工去买。很多辅料批发店还允许先赊账，再年底一次性去结清。

父母还在商城的店面以及自己的家门口贴出了招收服装车工的招工启事，半个月来就有 30 多个不同岗位的车工前来应聘，他们中大部分是外车工，有 10 来个是内车工。

在这同时，他们一家按照当地政府规范的要求注册好工商营业执照，办理了消防安全许可证，办好了员工健康证等等。镇里的老党员老方叔是负责秋水家这一片居民区的，几乎每天来提醒他们家建服装加工厂的注意事项并予以各种帮助。

在当地镇政府及其党支部的大力支持和帮助下，不到一个月，秋水家的服装加工厂就轰隆隆地开工了。

他们注册了一个"朵朵飞扬"的女装品牌，主要经营的是潮流女装。爸爸托亲戚和熟人已经联系好部分客户订单，有些放店里批发，大部分订单都是客户打包直接带走的。

爸爸还买了一辆五菱牌的汽车，进货和服装出库倒也方便。

外车工他们有自己的房子，吃住不用秋水一家管，他们会自己来拿裁剪好的衣料回去做，做好了会送来结账的。内车工的吃饭问题是要另外请保姆的，住宿是租住在隔壁邻居的一幢楼里。爸妈在旁边的小区三楼还买了一套全新的二手套房给一家人住，这个二手套房已经装修好，买些简单的家具和电器就拎包入住了。

一家人整个暑假都在忙着重新创业，秋水和两个弟弟也非常懂事地跑前跑后尽量帮父母做事，都没有时间去瑞安的梅雨潭和玉海楼等有名的景点游玩。

一家人在工厂和商城两个点来回跑，父母有时候会轮流去广州等地看服装样板。

一家人辛苦也快乐着。

就这样，秋水一边帮着家里创业，一边等着大学的录取通知书。

闲暇时，她会抓紧时间看书和写作。秋水看书的范围很广，散文集、诗集、言情小说、中外名著等等，她都会一一涉猎。她写诗词的功底，都得益于她的阅读。假期有空，她也会写一些散文和诗歌，投稿到瑞安市文联的文学季刊《玉海》上，其中有一首上刊诗歌《给季节一个优雅的书签》：

给季节一个优雅的书签
让它一页一页轻轻翻过
数着时光
让季节从容
不让最初的孤独回归
只留美丽依然

折一束阳光为镜
为自己刻画一个安静的表情
细数花开花落
静观云卷云舒

或悦或伤的往事
被岁月雕刻成一阕阕诗词
文字透明如雪
而心事洁净如莲

落花成冢
不是季节的错

给季节一个优雅的书签
让它一页一页轻轻地翻过

　　她的诗有一些乐观也有一些忧伤，乐观来自于她的自律，而忧伤则来自于她对过往的时光和人的眷念，对不可知未来的迷茫。

第四章　考上温大

到了8月初，秋水收到了阿姨转寄来的大学录取通知书，她考上了温州师范学院人文学院的汉语言文学专业（后来合并更名为温州大学），大家都为她高兴，一家人更为她自豪。

但秋水自己不满意。

这期间，秋水打听到她南平的同学们都考得很好，班上最好的同学考上了北大，最差的同学也考上了福建农大，她得知李春风也考上了福建师范大学教育学院的教育学专业。要不是福建和浙江的高考有太多的不同点，在班上成绩前十的她相信以自己的实力一定能考上重点大学。所以，她对自己的高考成绩不满意。

这些年，父母一心想落叶归根，让自己的孩子回文成老家高考，一家人的户口就一直在文成没有迁出。

因此，父母让阿姨和姨父也帮两个弟弟在文成中学报了名，文成中学有高中部和初中部，大弟弟信捷读高一，小弟弟信毓读初二。

现在，一切尘埃落定，只等着开学了。

8月31日，妈妈陪两个弟弟回文成报名开学了，她早就托人租好了离文成中学最近的大峃街民房给两个弟弟住，当晚妈妈就回到瑞安家里了。

两个弟弟9月1日大扫除，9月2日是周一，正式上课。

兄弟俩在文成中学的食堂吃饭，租住在一起，在生活和学习上可以互相照顾。

秋水也接到通知在 9 月 1 日这天开学了。长发飘飘的她戴着白色草编的蝴蝶结圆帽，穿着白色大蓬领泡泡袖雪纺连衣裙，穿着白色的老北京软底绣花单鞋，背着缀有白色流苏的精致双肩包，包里放着新买的传呼机，是那种第三代随时随地可传信息的摩托罗拉"汉显"BP 机。她的左肩还背着木质原色的吉他，右手拉着银白色的拉杆箱，俨然就是一个纯情的女大学生模样。

因为行李太多，妈妈就陪她一起去温州师范学院了，爸爸要忙家中和店里的生意。

那天妈妈穿着自家做的银白色的圆领短袖上衣和黑色的中裙，都是上好的真丝雪纺布料。齐耳的短发微卷，配上瓜子脸，看着很精神，脖子上戴着一条白色的珍珠项链，讲究又稳重。每次出门，她都会精心地打扮自己。去女儿读书的学校，她自然也很重视。

在和妈妈一起赴温州师范学院的路上，秋水告诉自己一定要开心起来，虽然不是自己心仪的大学，但毕竟是读自己喜欢的汉语言文学专业。她这样想着，心里就慢慢敞亮起来了。

瑞安到温州只有半个小时的车程，跟妈妈聊天的工夫就到了温州客运中心。

一出车站，秋水被繁华的温州惊呆了。记得 12 年前从文成县城到温州，当时的温州和眼前巨变的温州根本无法相比。以前的温州基本都是二三层楼的砖瓦房，街道也比较狭窄陈旧，街上看到最多的是自行车，绿化也差。

如今温州市区十来层的高楼大厦林立，整洁宽阔的大街上，菲亚特之类的私家车正川流不息。街头巷尾人潮如流，处处可见花红柳绿。台球厅里衣着靓丽时髦的帅哥美女正兴致勃勃地在玩台球。大街上熙熙攘攘的人群中，有长卷发的小伙穿着猎装还戴着帅帅的墨镜的，有穿着西装手拿大哥大的胖老板，有梳着高高的波浪头穿着貂皮大衣的贵妇……

一切都热闹地诉说着温州的繁华和蓬勃发展。

她们叫了一辆菲亚特出租车直奔九山湖畔松台山下的温州师范学院。一路上无心赏景，无心看熙熙攘攘又繁华的温州城大街，出租车没几分钟就到了师范学院的大门前。

下了出租车，和妈妈各拖着一个行李箱走近学院的校门。

秋水仔细欣赏起了这石砌的旧校门，校门虽然旧，但依然大气庄严。校门右侧的墙上竖写着"温州师范学院"六个大字，它们有了历史和光阴的味道，但是依然透着墨香。

正是风清阳晴的好天气，校门前是风光秀丽的九山湖，绕湖有绿荫浓密的九山路，九山湖和九山路有雕花的石栏杆相连，九山公园也很热闹。校园背靠着美丽的松台山，丽山为依，绿水为伴，好一派浪漫的风光。

跟随着人流往校门里走，只见经历过风雨沧桑的一棵棵挺拔的大树伫立在道路两旁，一幢幢已久经风雨洗礼或高或低或新或旧的教学楼静默地林立着，它们的静和走动的人群形成了鲜明的对比。由于刚开学，大学里特别热闹。校园很大，大概有一万多亩。校园内的绿化做得很好，到处是鸟语花香和生机勃勃的景象。校园内外的每一处都是一幅美丽流动的画，秋水被这校园的美丽陶醉了，她为自己能在这样的大学读书而倍感自豪。

一见钟情，她深深地爱上了自己的大学，之前的忧虑早已抛到九霄云外去了。

她们一路打探到了人文学院的新生报到处报了名，她被分到 1991 级人文系汉语言文学一班，宿舍分在三楼的 301 女生宿舍。

妈妈帮她到宿舍安置好，给她留了些生活费就回瑞安去了。

宿舍里都统一安排好了粉色的被套和床单，每个人统一有一个带细黑格子的银白色大皮箱，什么脸盆、水桶、杯子等等都是一模一样的，但每个人的宿舍用具都标有号码，以高考分数的排名标号，秋水的是 3 号。

一个宿舍六张双人铺分两侧靠墙而立，下铺放皮箱桌椅等，上铺是床，天花板装有吊扇，加上粉红色的窗帘，很是温馨。

同宿舍的同学是来自永嘉的潘赛欧和金小乐、鳌江的王琰和冯方、水头的温孜娟等五个女孩。从她们时尚的衣着和矜持的谈吐来看，家里的生活水平都不错。

只一个上午的工夫，大家很快就熟识起来了，秋水和水头的温孜娟特别聊得来。

因为两个女孩的床连在一起，因为同样真诚，一个交心的微笑，一种莫名的吸引。于是，两颗真诚的心，便有了互放光芒的交汇。于是，谈天说地，掏心掏肺，形影不离了。

温孜娟剪了个时尚的斜蘑菇头，白皙的瓜子脸上有一双扑闪扑闪极有神采的好看大眼睛，微胖的身材穿着白色的长裙，可爱范十足，看着是一个非常舒服的女孩。她考进来的成绩是排第四名，所以她是 4 号。

秋水和温孜娟一见如故。

初相识，同宿舍的六个女孩做什么都喜欢结伴而行，一块儿去食堂午餐，一起回来睡午觉。下午又一起去班级领了书与课程表。并和其他已经来报道的同学认识了一下。大家晚餐后到操场走了一圈，不尽兴，又到校门口的湖边散了一会儿步。

7:00秋水就和温孜娟坐在一起到电化教室预习功课了。来参加晚自习的同学不多，基本上也不认识，所以晚自习很安静。

晚自习时，秋水迫不及待地打开《中国古代文学》《中国现代文学》《中国当代文学》等书就开始看了起来，等前面几节都预习了一遍后，秋水就开始写作了。

9:00晚自习一结束，秋水也写好了一首词《小重山·游九山湖》：

放眼明湖绿似绸。平波如玉镜、亮吾眸。重峦四面籁声悠。穹盖下、处处见清幽。

闲趣付晴柔。同窗同漫步、共消愁。徜徉径道去还留。和风里、人咏少年游。

晚自习结束后回宿舍，是大家的欢乐时光。早已经打成一片的六个女同学轮流去洗澡，大家约起了点心。

秋水举手："我去楼下的小卖部买，要买啥大家报过来……"

"我要三角的豌豆！"

"我要五毛的面包！"

"我要一个苹果！"

"我要一个大饼！"

……

等秋水买了点心回来，室友们有的已洗完澡换了睡衣，有的在用小录音机听歌，有的在用功看专业课本。王琰则拿出自己家里带的梨子，因为没带削皮工具，她用开水烫了消毒好一人分一个，梨子皮烫了变深咖啡色了，调皮的金小乐在梨身上划了个笑脸，大家都忍不住被逗笑了。

温孜娟把她爸爸做给她的点心分了些给秋水，秋水也分了个苹果给她。两个女孩的床铺连在一起，交流也方便。她告诉秋水，她还有一个姐姐和一个弟弟，爸妈都很疼爱他们三姐弟，爸爸做得一手好菜。她还告诉秋水，水头人这些年做皮革，赚了很多钱呢。

晚上 10:30 熄灯了，宿舍里还是有说有笑的。第一天开学，大家都很兴奋。正是青春放纵的年纪，其他女生宿舍也一样热闹，随时有爆笑声或尖叫声或脸盆的乒乒乓乓摔打声传来。隔壁楼的男生宿舍更是喧哗，口哨声、吉他声、高歌声等等，声声入耳，此起彼伏。大概 11:30 以后大家才陆续睡去。

第二天早上，全校举行了迎接新生的迎新会。校长和书记以及新生代表叶秋水都上台讲了话。秋水是以第三名的好成绩考进来的，加上她的语文成绩最好，普通话标准，口才好，外形阳光大气，所以被老师们选中当新生代表，她上台作了自我介绍和简短的即兴演讲，免不了地要说些豪言壮语和正能量的鼓劲话，最后以一句"同学们，海阔凭鱼跃，天高任鸟飞"作了结尾。

之后就是军训动员大会，等回到宿舍已近 11:00 了。

下午 2:00，班主任马大慷老师召集全班同学到班级开了一个班会，大家报名出来互相认识了一下。然后大家选举了班委成员，成绩排第一名的王青云被选为班长，第二名的白湘书为副班长，秋水被选为团支书，温孜娟被选为宣传委员，其他几位班委也确定了人选，班委成员们上台做了五分钟的即兴就职演说。

秋水上台后就慷慨激昂地说了一句话："同学们，我只有一句话——我一定会全心全意为青年团员和大家服务的！"

"好！……"大家最喜欢实在话，简短干脆，秋水的一句话博得了大家热烈的掌声和叫好声。

之后，几位班干部把全班同学军训穿的迷彩服分给大家就散会了。

林日瑢校长和班主任一再强调了纪律，住校第二晚的宿舍就安静了很多。

第二天军训开始了，同学们有开心的有担心的也有灰心的。秋水倒是不担心，她的体育成绩一向很好。开学季正逢秋老虎发威，有体质差的同学在军训时中暑的，秋水都会帮忙搀扶和端茶送水。乐于助人，是她留给同学们的好印象。

这次军训，女同学们都很开心，因为两个男教官戴着军帽穿着军装的样子特别帅，其中一个陈教官的鹰钩鼻尖尖的竟然比香港影星刘德华还帅，另一个王教官则像日本影星高仓健，每天军训结束后，女生们都要议论两位教官好一阵子。这时，男生们就会拉着一张苦瓜脸向女生抛白眼。

"我们班喜欢文学的男生基本上都是歪瓜裂枣，跟两位明星教官没法比。"来自泰顺的女同学吴菁常常语出惊人，幽默又风趣，大家都叫她"泰妹"。

七天的军训很快结束了，学校在育英大礼堂举办了一场学生和教官们的互动晚会。

秋水的节目是现场作画，她用蜡笔画了一个戴蓝帽与穿蓝衣的唐老鸭和穿红裙子的米老鼠让大家猜一个成语。当时，唐老鸭和米老鼠的电视剧正在热播，这个节目不仅要有绘画功底，又要有中文功底。

同学们纷纷抢答："猫哭耗子！"

"赶鸭子上架！"

"鼠头鼠脑！"

"衣冠禽兽！"竟然给帅气的陈教官答对了！

老师和同学们爆发出了一阵大笑。

后来有一个节目是秋水和几个同学及几位教官一起蒙着眼睛做军训的"正步走"动作，主持人故意把"一二一"喊得有时快有时慢，几个玩游戏的人被蒙了眼，又怕撞到旁边的人，所以走得东倒西歪的，可乐坏了师生观众们。

"看！秋水走起来就像跳迪斯科一样！"有同学笑着喊道。

虽然蒙了眼，但几个帅气的教官依然步调一致，有模有样。

军训结束后，正式上课了。每天早上有四节课，下午也有四节课。秋水会依照各位教授的要求，列好读书计划清单，先按时完成必读书目，有时间再完成选读书目。秋水原来在福建南平读书时的文学功底本来就很好，再加上大学是自己喜欢的专业，读起来很轻松。

课余时间，秋水就泡图书馆。各种中外名著，被她看了个遍。她周末也常常打电话给图书馆的老师，一来二去，管理图书的老师嫌烦，干脆就把图书馆的钥匙交给秋水管理了。

当然，大学的校园生活和社团活动是很丰富多彩的。

"孜娟，我们去报名学吉他和交谊舞吧！"

"好的呀！"

闲暇之余，秋水和温孜娟会一起去参加交谊舞社团和吉他社团的活动。

教她们交谊舞和吉他的老师都是市工人文化宫的，她们周末都会随社员们一起去文化宫学习。

秋水很快学会了交谊舞的慢三步、快三步、慢四步、中四步和快四步。

弹吉他是件快乐又痛苦的事，手指被磨破了好几层，秋水才学会了一首由琼瑶作词、左宏元作曲的歌曲——《聚散两依依》和另一首当时流行又脍炙人口的《小草》。

她听过许茹芸演唱的《聚散两依依》，也非常迷恋琼瑶的小说和电影《聚散两依依》，因此选择了弹唱这首歌。

秋水也喜欢文学社团和美术社团，本想都一一参加，但她有其他想法。

课余时间，山间河畔、林荫小道、木楼连廊、九山湖边和绿化操场等地，无不留下了秋水和温孜娟形影不离的身影。

秋水课余时间除了晚饭后和温孜娟一起散步，主要用来看书和写作，她的古诗词、诗歌和散文常常发表在校文学刊物《新蕾》上，由于她的诗文语言风格秾丽又有自己的个性，在班上和学校慢慢地有了"美才女"之美称。

大二时换了宿舍，调走了潘赛欧和金小乐，换来了陈小雯和许海贞。

"我们班选了四大美女了！"王琰消息很灵通。

"都是谁啊？"温孜娟好奇地问。

"贾秀眉、王欣琛、许海贞、白湘书，四个美女！"王琰一一报出了四大美女的名字。

"你们的眼睛真刁，真是好眼力呀！"陈小雯笑着说。

班上这四大美女，个个五官精致，身材也匀称，不虚此名。

"除了四大美女，还有一大才女！"王琰故意卖弄玄虚。

"肯定是叶秋水啊！"许海贞被评为四大美女，心里美美的，一语道破。

"猜对了！"王琰对许海贞伸出了大拇指。

"还有三大才子！"王琰又弄起了玄虚。

"王青云！"冯方这回抢了个先。

"还有肖轶容和陈向东！"秋水猜出了喜欢绘画和书法的另两个才子的名字。

"秋水棒棒哒！一猜就中！"

在大学，最让秋水引以为豪的是她大二时创办的诗社——春风诗社，社员是30位喜欢古典诗词的各班级同学，其中不乏高年级的学哥和学姐。顾问是她大学的语文老师戴小蕾教授，秋水任社长，温孜娟任副社长，大二的学哥施晓冀任秘书长，另外还有六位理事。

春风诗社，自然是秋水思念李春风同学才用他的名字命名的。她心里一直在思念着李春风，却不敢和他联系。大一开学不久，她从南平一个女同学口中得知，李春风在高中时期就已经有一个比他小一届的女朋友了，秋水只好把这份思念珍藏在心底最深处。

春风诗社成立，她带头写了一首贺诗：

春风拂鹿城，新意自清明。
我寄瓯山远，潮来越水惊。
诗中应有道，韵里总关情。
但看嘉苗壮，欣欣向上行。

社员们都纷纷跟着唱酬和诗。一时间，校园里刮起了一阵古诗词创作的旋风，越来越多的同学加入了诗社，最后社员竟然有80人之多。

"第一节课我来上《五七律绝的格律》，接下来大家就轮流讲课。讲课的内容都要跟诗词挂钩。"秋水先提出建议。

"很好呀，讲课我们都可以的！"

“讲课嘛，小意思！”

其他理事都纷纷支持。

为提高诗社会员们的写作水平，诗社她们经常开办诗词讲座和培训班。假期到了，她们就去松台山、墨池公园、江心屿以及温州各地采风写诗词。每年年底秋水就主编一本《春风》诗刊。出书的经费来自于同学们交的会费，还有学校的资金支持，当然也有秋水的父母以及其他同学做老板的父母赞助的。

“《春风》诗刊不错啊！像模像样的，既传承了唐风宋韵，又把我们的国粹发扬光大了，继续努力！”林日璔院长在一次视察时，看见了秋水他们诗社办的《春风》诗刊，赞不绝口。

有院长的鼓励和支持，让他们有了坚持办诗社和办诗刊的勇气。

秋水在写诗和办诗社的同时，专业功课也没有落下，她对文学痴迷，中国古代文学、中国现代文学、中国当代文学、外国文学、民间文学、儿童文学、美学、古代汉语、现代汉语等各科课程都是她喜爱的，她会经常深入钻研，并发表一些汉语言文学类的专业学术论文，她每学期的学习成绩在班上都排名第一或第二。

“只上些理论课还不够，我们要走到社会上去做实事！”秋水对只上团课和简单的采风不满意。

“想法很好，我们院领导一定支持你们！”院长林日璔很支持她。

“等你们毕业，表现好的话，我介绍你们入党！”林院长鼓励秋水和大家入党。

“那真是太好了！我们一定努力，不辜负您的期望，谢谢林院长！”

秋水高兴坏了，一直梦寐以求想入党的她，这会儿听到竟然可以在大学入党，她变得异常兴奋，她感觉有一股劲在鼓励着她前进，人生也有了前进的动力。

班级里有 52 个同学，团员人数为 39 人，占了全班人数的三分之二，她就经常把诗社的采风活动和本班的团员活动相结合，在做好班级团支部常规工作的基础上，还开展各种有实践意义的社会团课和社会采风活动。她不会只拘泥于团员对共青团的一些理论知识的了解，而是到社会上去做实事。他们不仅自己深入养老院和儿童福利院去做些力所能及的事，还经常发动一些做老板的同学父母搞公益募捐给这些老人和孩子。

大三的清明节，他们组织了 30 多个春风诗社的社员和班级团员去翠微山烈士墓采风。一群充满青春朝气的年轻人走在路上，春天的清风和阳光像一只只温柔的手轻抚着他们。他们徜徉在山水之间，只见一路山水一路风光，阳光斜照在路边的绿色植被和水面上，反射着些些耀眼的光华，大家的心情都非常惬意舒心。

"有人晕倒了！"有人叫起来。

"哎呀！是个残疾的老人家！"走在前面的人惊呼。

"怎么回事啊？"后面的人焦急地往前探看。

在途经翠微村时，看见有个残疾的 70 余岁白发老人晕倒在路边，拐杖丢在一旁。他们掐老人的人中，拍打老人，使之苏醒过来，并拿来自备的温开水给他喝。

"老人家，你怎么一个人在这里啊？"秋水关切地问道。

"老人家，你怎么样了啊？"其他同学也纷纷关切地问道。

"我没事的，就是有点低血糖了。"老人疲软地回答。

"怎么没有家人陪你啊？"

"家里没有其他人了，我右腿在战场上负过伤，我是独身的。"老人家眼含泪花。

原来这个老人叫姜善银，是一个老党员，他说这里长眠着他的老战友，所以他每年都会来这里扫墓，祭拜英烈，最近医师诊断他有轻微脑梗塞的症状，今天早上为了来扫墓，顾不得吃早饭，有点低血糖了。老人生前为了革命，没有成家，右腿残疾一直找不到工作，现在靠着政府的救济金生活。

秋水拿出自备的干粮给老人吃，姜善银老人吃了一个面包，又喝了一些水才缓过劲来，大家依照老人的指引把他送到他的家里，看见老人家中简陋，大家纷纷表示以后要长期过来帮扶老人。

"老人家，我这点钱您留着用。"

秋水慷慨解囊，她把随身所带的 200 元钱留给老人，其他社员和团员也纷纷伸出援助之手，10 元、20 元……100 元不等。

"好孩子们，这可使不得啊！你们的钱都是从父母那里要来的生活费，给了我，你们怎么办啊？"

"老人家，我们够用的，您比我们更不容易啊！"同学们个个青春的脸上都闪着善良的光辉。

后来的两年，大三的时候温师院搬到学院路这边了，秋水还坚持带领这些社员和团员周末或假期有空就轮番过去帮老人做家务，并联系了更多的同学过来帮姜善银老人。经常给予一些力所能及的帮助和经济上的支持，直至毕业时交代给新一届的大一新生。

1994 年夏季，由于台风撒下了惊人的大暴雨，飞云江的洪水让温州市区变为汪洋泽国，受洪灾影响巨大的温州人民苦不堪言。

"同学们，我们的家乡温州市今年受洪灾影响很厉害，这是大家都知道的。市儿童福利院被水淹了，虽然孩子们在老师和消防员的保护下安然无恙，但很多孩子的生活用品都被冲走了。"秋水从图书馆的报纸上看到了这个消息，她就发起了班级抗洪募捐活动，她把连同她爸爸给她的 5000 元一起捐给受灾严重的儿童福利院。

后来，温师院的党支部知道了此事也号召全院所有班级都开展了募捐活动。他们的事迹被《温州日报》报道了后，市各机关单位和社会上的爱心人士都掀起了大范围的抗洪募捐活动。当年，市慈善总会收到了有史以来最多的善款，这些善款后来都用于救助受淹的弱势群体。

搬到学院路后的温师院后，课余活动就更多了，秋水和温孜娟约上室友和其他同学，也玩多媒体和舞厅，男女同学跳起交谊舞就常常玩得很嗨。

为了丰富学校团支部的活动，秋水和其他团支部的团支书每年都会发动倡议组织文艺活动，学院党委、学院宣传部和团委都会予以大力支持，由学院所有班级和社团筹备各种文艺晚会，文艺节目涵盖歌剧、话剧、音乐剧、演唱、舞蹈、乐器演奏、小品、诗词朗诵、即兴书画创作、武术表演等多种形式，既有在省市各类比赛竞赛中的获奖节目，也有各类文艺社团的经典之作。

除了这些文艺晚会，于秋水而言，最有意义的莫过于爱心义卖活动。

"在校三年，我们收集了很多作品，我们开一场爱心义卖活动吧！"秋水打头炮带头发起，她约了几个社团的社长共同来商议要筹备爱心义卖活动。

"这个活动有意义，我同意！"美术社的社长肖轶容率先支持。

"我们也要参加，我们的作品最多了！"书法社的社长陈向东也同意。

"以拍卖的方式义卖如何？"秋水问。

"这个主意好，这样价高者得，善款也会更多，作品的档次也上来了。"陈向东也支持。

"那好，我们就和校领导商议了准备筹备吧！"原本还有些顾虑，现在秋水释然了。

于是，经过前期的辛苦筹备，大三的国庆节前夕，秋水和学院其他艺术社团的社长联合在学院的育英大礼堂组织了一场全校性的大型文艺作品爱心义卖活动，学院领导、党支部和团总支予以全力支持，整场活动以爱心为主题，将学院大学生义赠来的文艺作品进行义卖，义卖是以拍卖的形式进行的，参加的对象是全院师生和校领导邀请来的一些社会爱心人士。义卖的作品有他们诗社 1000 多册各期的《春风》诗集和其他捐书，有书法社大量的书法作品，有美术社许多的绘画作品……秋水把她自己画的装裱好的 10 余幅水墨画和一些藏书悉数捐赠出来。义卖结束后，秋水和书法社与美术社的两位社长一起把义卖所得的所有善款 12.5 万元送到市慈善总会。

四年大学期间，秋水还参加了各类全国性的征文比赛，获得了各种奖项。她撰写的十余篇文学专业类的学术论文发表在《文学评论》《文艺研究》《文艺理论研究》《浙江学刊》《社会科学研究》《社会科学》等重要的学术刊物上，其中 2 篇论文被《新华文摘》《高等学校文科学术文摘》等报刊全文转载。这些只有学院的教授才能做到的事，一般学生是很难做到的，而秋水做到了。

大四毕业之际，七一前夕，她和几位表现优秀的同学被学院党委批准加入了中国共产党，秋水如愿成为一名合格的共产党员了，她们班就班长王青云、温孜娟和她 3 个人入了党。当在面对党旗宣誓的那一刻，秋水暗暗发誓，此生一定要做个有益于人民的好党员。

春风诗社的诗刊每年出一本，当第三本《春风》诗刊问世的时候，秋水的个人诗集《秋水吟》也问世了，是中国文联出版社出版的。

"秋水，你的诗集《秋水吟》签名了给我一本！"

"不能少了我的，签一本给我！"

"我也要签名的！"

《秋水吟》淡粉的封面配上她自己画的"花如人面"水墨画，集烂漫和艺术于一体，有现代印象派的格调。诗集的内容分新诗和古诗词二辑，很多文采飞扬且极富个性化的诗句受到学院师生们的一致好评。

书刚运到的时候，同学们都抢着要她的诗集作留念，全班每人一本，全体授课老师秋水也都签了名一人送了一本。

在学校出书，没有一定的毅力，一般汉语言文学专业的学生是做不到的。因为那些专业的文学类课程已经让同学们分身乏术且疲惫不堪了，哪里还有时间和精力出书啊。秋水出书，无疑给在校的大学生作了榜样，自然也让老师和同学们刮目相看了。

几个宿舍的室友们在比毕业成绩，有人念出了秋水和温孜娟这两个好朋友的好成绩，都是 90—95 分以上，同学和所有的课任老师都知道秋水和温孜娟是好朋友，成绩也好，她们俩拿了学院多个奖学金。

她们隔壁 302 宿舍的同学陈芳笑着打趣她们俩："秋水和孜娟整天腻在一起，在搞同性恋吧！"

"你不是也整天跟丽红腻歪在一起吗？尽贫嘴！"温孜娟气不打一处来笑骂着陈芳。

这个陈芳，因为很喜欢秋水的性格，一直很想跟秋水做好朋友，努力了四年，愤愤不平了四年。因为不在同一个宿舍，而她不喜欢文学，只喜欢排球和羽毛球等球类活动，四年以来一直都没有机会跟秋水做成好朋友，也难怪她不高兴。

"我是刀子嘴豆腐心嘛！"陈芳很委屈。

"陈芳，那我们俩到操场旗杆下合个影做留念吧！"秋水也不知如何是好，只能冲她俩笑了笑，她提出了和陈芳合影。

"亲爱的，太好了，爱你……"陈芳嘟着嘴一个飞吻飞过来。

大家都被陈芳逗笑了，催她们赶紧去操场合影。

"我来帮你们俩拍照吧！"温孜娟说。

"哎呀，那怎么敢当呀！"陈芳不置可否，其实心里早已乐开了花。

后来，秋水和陈芳拍了一张照片，照片上的两个女孩笑靥如春花。秋水洗了两张，她和陈芳一人一张，她分别在照片上提了一句话："两个三毛式的笑。"

台湾女作家三毛曾经说过："我笑，便面如春花，定是能感动人的，任他是谁。"

秋水喜欢三毛，喜欢看她的书，三毛说过的很多话，她也记得，故有此一提。

在毕业典礼上，班主任马大慷依依不舍地致辞所有的同学。这一届百分之百的同学都修满学分，全部毕业了。

大四毕业前一天早上，95届全体毕业生在大操场上合影留念，中午齐聚二楼食堂，享受着由校领导为他们精心准备的最后一场特殊的毕业午宴。滴酒不沾的秋水被同学们灌了两杯啤酒，一杯敬老师，另一杯敬全班同学。秋水醉了，全身从脸一直红到脚。难得醉一回，为了同学情谊。

"朋友，我永远祝福你！"

"朋友，我永远祝福你！"

"啊！朋友，我永远祝福你！"

"情难舍／人难留／今朝一别各西东／冷和热点点滴滴在心头／愿心中永远留着我的笑容／伴你走过每一个春夏秋冬／伤离别／离别虽然在眼前／说再见／再见不会太遥远／若有缘有缘就能期待明天／你和我重逢在灿烂的季节……"

晚上，全班同学都眼含热泪一直在教室里不停地重复着唱张学友的这首《祝福》，夜深了还不肯去宿舍睡觉。依依不舍的四年象牙塔生活，如今到了毕业季，更是摧心肝。

唱着歌，秋水分明看到了温孜娟眼里有亮晶晶的东西，于是，她的眼泪也"哗"一下下来了。

老师们被他们的歌声惊扰到了，见此情景，也只好随了他们，在操场远处观望，久久不肯离去。

大学四年，秋水每天换着不同风格的帽子，文艺范十足。她有一头清汤挂面式的好看长直发，四季却还总戴着各型各色的帽子，贝雷帽、圆帽、礼帽、八角帽、鸭舌帽等等，应有尽有，帽藏大可开帽店了，同学和老师称她为"帽子达人"或"帽子控"。她春、夏、秋三季都穿各种民族风的连衣裙，冬季总是淑女范的素雅大衣。她很喜欢民国时期女子的装扮，因此，常常那样穿戴。

大学期间，她总有自己独到的观点，待人处世，总和众人不同。性格温柔又热情，大家都很奇怪秋水为什么不谈恋爱，虽然学校爱慕她的才子很多。有个英俊高大叫陈珉文的才子，给她写了很多的诗歌、节日卡片和情书，她也不为所动。

她心里只有李春风，她从来不敢去主动联系他，不仅用诗歌和诗词写尽对他的思念，秋水还一直在心里默默地祝福他。其中有一首《蝶恋花》代表了她无限的哀婉与思念之情：

帘外落黄风正扫，恰是秋萧，回梦知何恼。望断重山愁意扰，淡烟犹漫凉荒草。

寸寸相思难去了，泪洒瓯城，独守帘钩照。南雁远飞书已渺，而今谁与吟心调？

这样哀婉的诗词，她写了很多很多……

爱情，缱绻在她心上眉间，剪不断理还乱。

张小娴说：友情其实和爱情一样，很多的时候，距离才可以让彼此懂得。

就这一句话，秋水把张小娴当成了知音。

她觉得自己和李春风的感情更大意义上是友情，根本谈不上爱情。

虽然隔了现实的距离，却不隔情谊。

友情都应该是这样的吧。

未必分分秒秒想着对方到心里去，但在记得时一定记得，情真真，意切切，不管关山重重。

"海内存知己，天涯若比邻。"也是这个道理罢。

第五章 分到文中

1995 年 7 月，秋水大学毕业了。她的大弟弟叶信捷考上了武汉交通科技大学，已经在读大二了。小弟弟叶信毓也考上了文成中学的高中，在读高三。

22 岁的秋水被分配到文成县城的文成中学教高一的语文。

她就住在大礼堂后面二楼的女教师宿舍里。秋水把自己的宿舍布置得温馨而又舒适，淡紫色的被子，白色的桌椅，白色的衣柜和书架，淡紫色的风铃挂在淡紫色的窗帘边叮叮当当地响着，悦耳又浪漫。

这个文成中学就是当年秋水高考的地方，与美丽的泗溪河畔毗邻，坐落于安静的大岕街 566 号，学校由一幢行政楼、三幢教学楼、一幢大礼堂、一幢图书馆楼、两幢实验楼和后面的两幢教师宿舍楼及食堂与学生宿舍楼组成，教学楼前面是环形的大操场，幽静开阔的校园里绿树成荫，百花斗艳，莺雀欢唱。

校门口行政楼前有一棵三百多年枝繁叶茂的古樟树，它见证了学校的历史，阅尽了人间的沧桑，见证了一代又一代师生的寒来暑往。环树而绕的石栏杆可供师生们闲坐休憩，古樟树和石栏杆间衬以假山和小池，池中的红鲤鱼在水中欢快地嬉戏着，别有一番诗画意境。古樟树下有一口"文中井"，是建校当年学校最早的水源。现在因为自来水的普及，它已经成为学校的一个景点。水井之水到现在还清澈甘甜，周边的群众常常会来此井中挑水酿酒。

文成中学的前身为文成县第二中学，创办于 1986 年春。2009 年 8 月，由文成县委县政府和县教育局将文成县第二中学更名为文成县实验中学，简称文成中学。学校占地面积有近两万亩，有 24 个班级，学生有 1100 多人，在职的教职员工有100 余人。

秋水是个党员，又因为大学毕业时的成绩优秀，因此她刚上岗就担任了高一（1）班的班主任，分别教高一（1）班和高一（2）班的语文。

"秋水，你要好好干，我们大家都看好你！"在开学前的新生动员会后，留着一字胡且长相魁梧高大的雷鸣校长走到她面前鼓励她。

"感谢校长的支持和鼓励，我一定努力带好我的班级！"秋水跃跃欲试，真诚而又热情。

"秋水，我和你是同乡，我也是双桂人哦！"雷鸣校长竟然说和秋水是同乡，这一点秋水没有想到。

"啊！真的呀，很荣幸能和优秀的校长同乡又同校工作。"秋水跟雷鸣校长说起了双桂口腔的乡音。虽然人在福建南平长大，毕竟她的童年时代是在双桂的桂东村长大的，平时父母也会和她们姐弟三人用方言交流，因此她的双桂方言很正宗。

"不错呀！从福建回来的人，双桂话说得很棒呀！"雷鸣校长和旁边几个经过她身旁的老师夸她。

"谢谢校长，谢谢大家！"秋水微笑地以示谢意。

秋水与众不同的才女气质和文艺小资范的装扮，在大学办过诗社又已经出过书，各方面表现都很优秀，还是以第一名的成绩分到这个学校的，在学校自然很受人关注。还没正式开学，全校的领导和老师都已经知道她了，只是她对这个学校的一切和文成这个地方都还比较陌生。但她为人谦和又热情，对谁都是一张阳光的笑脸，人缘自然很好。

8月31日上午学生报到注册，下午和稚气未脱的高一（1）班的新生们一起大扫除，晚上将第一单元第一节课毛泽东的《沁园春·长沙》备好课。

9月1日正式上课。

早上六点，太阳刚刚露脸，冉冉初升。当很多人还在睡梦中的时候，秋水就已经起床了。在进行洗漱和简单的装扮之后，她便确认好今天的课表和资料，赶赴课堂。

端庄的秋水很注重为人师表的形象，她每天都要把自己打扮得漂漂亮亮整整齐齐的，清新的淡妆，还有她最爱的帽子总是能和各款浅色调的衣裙搭配得恰到好处，连背包和鞋子的颜色，她也很讲究。因此，她给人以清水芙蓉般的印象。

六点半，秋水已经在赶赴课堂的路上了，她到礼堂后面的食堂吃早餐，食堂里已经有几个年长的老师在吃早餐了。她点了一碗加鸡蛋和青菜的文成拉面，她需要为一天的课程准备好精力。

七点十分，吃完早餐签到后，她便到了一班的教室，高一的教室都在一楼，一班在一楼第一间。

"秋水，我先到教导处处理一些事情，你帮我看着二班的同学们，你们的语文课先早读起来。"二班的班主任是年轻的数学老师钟唯敏，他走进一班的教室让秋水帮忙。

钟唯敏老师比秋水早两年分到这个学校。

"没问题，你去吧，我会盯牢的！"秋水欣然答应了。

"谢了啊！"钟唯敏老师匆匆忙忙赶赴行政楼去了。

"各位同学好！"刚上早读课，秋水就先问大家好。看着全班42张青春可爱的脸庞和42双闪闪发光的眼睛，她很激动。

"叶老师好！"这里的学生果然更单纯可爱。秋水记得以前他们的高中同学都很羞涩内敛。

"很高兴以后可以和大家在一起共同学习共同进步。从这个学期开始，我就是你们的班主任。我叫叶秋水，大家以后叫我叶老师或直呼我的名字都可以。"

有几个调皮的学生笑了，悄悄地嘀咕着："怎么可以叫老师名字呢？"

秋水也会心地笑了。虽说中国的师生关系还没有国外的那么随意，但这是她和学生拉近距离的一种方式。

"现在话不多说，时间宝贵，我们有空再交流。请大家先预习和背诵第一单元第一节课毛泽东的《沁园春·长沙》。"秋水布置了早读课的学习任务。

她也到二班布置了早读课的学习任务。

早读课期间，校园里到处回荡着朗朗的读书声。秋水喜欢这样的声音，让她回忆起了她温馨又紧张的高中时代。

半小时的早读课很快过去了，下课的铃声响起来了。

秋水走出教室，看见各班级的学生有的如闪电般地闪出教室，有的像快乐的小鸟一样快速飞出了教室，一个个开心坏了。真是不可思议，才刚下课，安静的校园就立刻就变得异常热闹。操场上，人声鼎沸。学生们有的在跳绳，有的在踢毽子，有的在跳橡皮筋、有的在玩丢沙包，也有的在打羽毛球、乒乓球、排球，还有的在玩单杠和双杆以及爬天梯等等，一些活泼的学生竟然玩起了老鹰抓小鸡的游戏，更有些秋水没有见过的单脚对对碰、踩影子、跨高山等形形色色的游戏，这些课间游戏比秋水在福建读书时还更多更有趣，想不到县城的高中生课间游戏的玩法还这么五花八门。这些县城的高中生，远比秋水在福建南平市读高中时的同学更活跃。

八点整开始正式上第一节课，她的课基本是在早上第一、二节课。

在上第一节课的时候，学生时候会有些困意，秋水便会跟学生互换角色，让学生充当老师，让学生们把《沁园春·长沙》的词牌名和题目分别告诉她应该怎么理解，词人毛泽东在创作这首词时的时代背景，词的内容里有哪些重点需要把握，怎么样去注释和分析，她的整个课堂让很多学生都当上老师了，并且是当得有模有样，学生们都很踊跃积极地发言。

上课的时候，秋水会通过换位思考，让学生站在老师的角度去讲解知识点，加深了学生对知识的理解和记忆。最后，她自己再从头讲一遍。一节课下来，她始终微笑地面对学生们，她热情阳光的教学态度和与众不同的教学方法特别受学生们的欢迎，加上她文艺范的端庄淑女装扮，第一节课就让学生们都喜欢上了她。

其中有一个女学生叫陈伊凡，考入高中时的成绩是第一名。小巧玲珑的她长着一张鹅蛋脸，大大的眼睛很有神采。她上课认真，回答问题机敏，发言积极。秋水很喜欢她，对她印象也特别好。还有另一个瘦弱的男生叫钟皓博，沉稳聪慧，别人答不上来的问题，他都能对答如流，也让她印象深刻。

"今天，我要特别表扬一下陈伊凡和钟皓博同学，他们俩表现得特别好！"快下课的时候，秋水微笑地看着陈伊凡和钟皓博，开始了更直接的鼓励教学模式。

全班 42 位同学都带着期待的眼睛看着秋水老师，都希望得到老师的表扬。

"今天还有很多同学都表现得很好，陈佳琪、胡嘉恒、林雨欣、雷晓斌、李沁怡等等。"秋水微笑地注视着所有的同学。

"其实呀，今天全班同学都表现得特别好，老师为你们所有的人都点赞，应该把你们每一个人都表扬一下，但是现在时间不允许了，我们先准备下课。下午还有一节语文课，下午的第三节课上班会课，要选新的班委成员。请下课！"

欢快的下课铃声已经"叮铃铃"地响起来了。

九点的时候，秋水换二班的教室继续上第二节课。二班的学生，学习也认真主动，她让学生们背诵第一课毛泽东的词《沁园春·长沙》，让学生不断地回忆起背过的古诗词，除了讲解基本的知识点，还会在课堂和学生讨论诗词的格律知识故事以及古代诗人的人生经历和思想感情，向学生们拓展更多的课外知识。当然，对二班的同学，她也一视同仁地鼓励他们。

第二节课后，是做课间操的时间。因为是第一天上课，作为班主任的秋水到一班教室门口把自己班的学生领到操场的固定位置，陪着学生们一起做广播体操。

第三节课后，她又回到一班教室查看自己班的学生们做眼保健操的情况，鼓励他们用规范的动作做好眼保健操，爱护好自己的眼睛。

利用第三、四节课的空闲时间，她把下午的两节课备好，又谦虚地跟同办公室不同年段的语文老师们请教教学经验。

中午十一点四十放学后，秋水便到学校食堂吃完丰盛的四菜一汤的午餐，回到宿舍小憩后准备下午上课的内容。

下午她的两个班还有两节课。下午两点半，在签到了之后，秋水便开始进行下午的课程。下午的学生接受能力较弱，秋水准备了详细的讲义和知识点补充，在课堂上不断地给学生进行讲解，教学生如何去做笔记，在讲完知识点之后让学生做相应的专题训练，检验学生是否掌握以及掌握了多少知识。在课堂临近结尾，总结本节课的知识点，多问学生，老师听。学生在某些方面较弱的，秋水便举一反三地不断加强练习。遇到学生不能理解的句子，她便会举简单的例子来让学生更快地掌握。

下午的第三节课是一班的班会课，她和一班的学生们相处得很融洽，班会课的气氛很活跃。秋水走下讲台，站在四个组的最中间位置上，她会走到每个学生的面前和他们互动，与他们零距离接触。大家在轻松欢快的气氛中完成了班委的选举，陈伊凡同学当仁不让地被选为班长，入学时成绩第二名的钟皓博同学被选为学习委员，全班同学都举手同意了。

"好！经过大家的民主选举，陈伊凡等同学是我们班的新班委成员了，请大家为他们鼓掌！"秋水带头鼓掌，顿时班级里掌声雷动："下面请班委成员们做一下就职发言吧！"

"伊凡，你先对大家说几句吧！"秋水鼓励她。

"谢谢叶老师，谢谢同学们！"陈伊凡大方地先站起来发言。

"以后我会像孺子牛一般地为大家服务的，与班委共同把我们班打造成一个德智体全面发展的优秀班集体。"陈伊凡同学蛮会说话的，秋水越来越欣赏她。

"我会努力克服各种困难，努力学习，和大家一起共同进步！"钟皓博同学也站起来发言。

其他几位班委成员也相继站起来作了就职演说。

之后，秋水和全班同学还商议了班费的缴纳问题。

最后，她宣布："同学们，以后我们班的班会课就是思想品德教育课，由我来上。我们每一个人都是班级的主人，以后班级里遇到任何问题，大家都可以在班会课上提出，欢迎大家踊跃参与班级的管理！"

"好!"全班同学都欢呼起来。

下午五点,秋水终于迎来了一天的放学时间。

到食堂吃完晚饭后,几个和她一起新分配来的男男女女教师说说笑笑地相约起来到学校周边的大峃街和县前街散步逛街。县前街和大峃街成交叉之势,从文成中学到县前街不过5—10分钟的路程。

秋水大学毕业后回来文成县城,她很高兴地发现文成县城又有了日新月异的新变化。短短的四年工夫,县前街原来三四层的楼房都已经改造成了七层的高楼,街道变得更整洁宽敞了,路灯更亮了,商铺的装修也更豪华了。一个县前街,光咖啡店就有已经形成规模的四五家。好日子女装专卖店、红黄兰童装店、五粮液专卖店等品牌店如雨后春笋般地在县前街涌现。

因为晚上还要陪学生们晚自习,大家走走看看,几个人也没有买什么东西就回来了。

散步逛街回来,秋水到一班的教室陪学生们一起晚自习。近些年来,文成县教育局规定,无论是住校的还是住在县城大峃镇的所有同学都要参加晚自习。她温和地和学生们相处,利用晚自习的时间改好了学生们白天交上来的作业,再继续备课、准备明天上课的资料。备完课,秋水便开始总结学生今天的表现和反思自己明天上课应该怎么做,并想好向其他语文老师请教应该怎么做才能更好地教好高一语文等各个问题。等明天的一切教学准备工作都就绪了,差不多下课了。

晚上十点,在晚自习结束了回宿舍后,她得空写了一首《九月的春风》:

> 明媚温暖如你
> 因为离太阳很近

你轻轻地吹过之处
人间处处见温情

纯净透明如你
因为离蓝天很近
你翩翩地飘过处
都是不图虚名淡泊无争的净地

潇洒自由如你
因为你懂得放弃
刚刚还在田野上摇曳轻摆
转眼之间已徜徉于高山流水之上

快乐幸福如你
因为你懂得付出
领悟了美丽和永恒的秘密
让这世界该开花的开花，该结果的结果

　　通过这首诗，秋水希望自己九月的心情也能如春风一般温暖，希望自己永远如春风化雨般地爱护着自己心爱的学生，为他们幸福地付出，让他们在中华大地上该开花的开花，该结果的结果，茁壮成长为社会的栋梁之材。

　　深夜十一点，暗暗黄昏后，寂寂人定初。秋水在洗漱美容过后，终于能休息了。

　　第一天的教学工作很辛苦，但是也令人开心兴奋。

　　之后的一周，秋水每天都是这样安排教学工作和生活的，每天周而复始又花样翻新。

第六章　资贫助困

"叶老师,我们班的学习委员钟皓博,是黄坦镇人,家里很困难,每天吃饭就只买个饭,打个免费的菜汤配饭。"一次下午的课间,班长陈伊凡来秋水的办公室相告。

"还有这事?"秋水惊异于自己的疏忽。

"是的,叶老师,听住校的同学说,他开学到现在都是这样吃的,很没有营养。今天他好像没有钱了,到食堂老伯那里讨剩饭和剩菜吃,说是没有钱了,老伯看他瘦弱可怜,就给了他一些剩饭剩菜。"陈伊凡这个孩子虽然只有十五岁,却很有责任心。身为班长,她懂得为同学设身处地地着想。

"好的,老师知道了,你做得很好!你放心,我会想办法帮他的。"

秋水马上去班级找了坐在第三组第一桌的钟皓博同学,把他叫到走廊僻静之处,就问起了他的情况。

原来钟皓博同学是黄坦镇培头民族村的畲族人,在三岁那年父母就离异了,母亲雷氏早已离开文成不知去向,父亲钟永高的脚残疾,没法外出打工挣钱,家里的经济条件极差。十五岁的他不仅要努力读书,还常常要照顾残疾的父亲,家里吃穿用的一切基本上都是靠好心的亲戚们接济的。他早上就已经没有钱买早饭了,饿了一个早上后,中午实在是没有办法了才到食堂讨些剩饭剩菜吃。开学的时候,亲戚们凑的钱让他交了学费后，就没剩多少了，这些日子尽量省着用了，口袋里的钱昨天就已经用完了，连回家的车费都没有了。但就是回家，家里也没有钱给他。他正想今晚晚自习请假到县城东边章台的亲戚家里借一点，但亲戚家比较远，只能晚上去，昨晚上晚自习被英语老师占了课，没有去成。没开学之前，他原本想傍晚放学后或周末抽空到县城打工赚些生活费，但他没有想到这里的高中晚上要上课，根本没有时间去找零工做。上个周末出去找了一圈，都没有找到适合学生做的零工，正想这个周末再去找找看。

了解了钟皓博同学的艰难处境，秋水拿出了 300 元钱递过去："皓博，这点钱你先拿去吃饭，多买些菜，加强营养。以后老师还会再帮你的。"

"我怎么能拿老师的钱呢！"钟皓博人小却懂事，迟迟不肯接过秋水手里的钱。

"请听老师的话，没事的，先拿着吧。"秋水真心疼惜这个懂事的孩子，把钱塞进他的上衣口袋里。

"谢谢——老——师！"

钟皓博的声音已经哽咽。

"你先去上课吧，老师周末跟你一起去一趟你的家。"秋水轻轻地拍了拍钟皓博的肩膀。

"老师……"质朴的他欲言又止，眼泪已经掉下来。

"放心吧，以后我们大家都会帮助你的。快上课了，赶紧先去上课吧。"秋水温和地安慰他。

钟皓博一边回头一边走进教室，眼里和脸上写满了感动。

那个周六的一大早，秋水便装出行，带了一些钱并买了一些水果和营养品，自掏腰包买了两张前后座的车票，和钟皓博一起坐车出发去他家家访。

　　蓝天白云下，一路上峰峦叠嶂，脚下的公路犹如一条玉带飘过山间，路边的景色美不胜收。山路十八弯，秋水很快被汽车左绕右绕给绕晕车了，本想多和钟皓博同学聊聊天，但是晕车使她很难受，就闭目养神了。

　　两个人坐了一个多小时的车才到了黄坦镇的车站上，再等车，再转乘到培头村的小三轮，蜿蜒曲折又狭窄的村公路海拔不断地上升着，村公路的左侧是山体，右侧是悬崖峭壁，虽有一铁栏杆相护，但看着却很令人头皮发麻。

　　小三轮载着秋水和钟皓博以及几个村民一路颠簸着，又折腾了一个多小时，好不容易熬到了培头村。秋水的脸色早已经发白，钟皓博扶着她下了车。她已无心赏景，蹲在路边就呕吐了起来，懂事的钟皓博一直给她拍背。

　　她吐完后略做休息，两人又走了一段山路，才到了一个古香古色木制的老屋前。老屋前有一口叫"醴泉"的水井，通往木屋的路边还栽有几棵梧桐树。老屋有三面厢房相连，中间有很大一块空地。钟皓博家就住在左边的一个厢房里，厢房的里面还有厨房。钟皓博的父亲钟永高就坐在厨房里忙着剥豆子，瘦瘦的个子，穿着很旧相的衣裤。看见儿子和一个年轻姑娘一起回来了，他有点意外。

　　"叔叔，您好！我是皓博的老师叶秋水，我们一起回来看您了！"秋水上前大方主动地用文成方言作了自我介绍。

　　"哎哟，是叶老师啊，我……我……我们家……"山里人腼腆质朴，一口黄坦腔调的方言听起来有些吃力，但勉强还能听懂。钟永高放下手里的活儿，趔趄地站起来一时不知该说什么好："叶老师，您坐，坐啊！"

　　"叶老师，您坐，我去给您倒水喝。"钟皓博边说边拉过一张竹椅给秋水坐。

"叔叔，您坐着吧，别站着了。"秋水将手中的水果和营养品放在饭桌上后，过来扶着钟永高坐了下来。

"叶老师，您太客气了！买了这么多东西来，这可怎么好啊！"钟永高很局促不安地说道。

"爹，叶老师是我的班主任，她是来家访的。"钟皓博递过来一杯水给秋水，继续跟他爸爸说道："叶老师前两天给了我300块钱买饭菜呢！"

钟皓博拿出剩余的200多元给他父亲看。

"哦哦……谢谢，谢谢叶老师！"钟永高嗫嚅着说，激动得不知如何是好。

"就一点钱，没有什么的。"秋水客套了一下，关切地问他："叔叔，您的脚怎么样了？身体还好吧？"

"哎……一言难尽！"钟永高慢慢地向秋水说起了他自己和他家的苦难经历。

从他断断续续的描述中，秋水进一步了解了他们一家人的更多情况。

钟永高的腿是20年前在山上劳动时不小心摔断的。在没结婚之前，钟皓博的爷爷奶奶还可以帮忙照顾他。娶妻生子后，家里的生活重担都落在了钟皓博母亲的身上，时间久了，家里的矛盾也多了。在一次吵架之后，钟皓博的母亲就离家出走了，过了几年后她回家来离了婚。近些年，钟皓博的爷爷奶奶也相继过世了，钟永高又没有劳动能力，家里的经济情况很糟糕，已经到了捉襟见肘的地步了，以前孩子的学杂费都交不起，都是靠他几个务农的兄弟姐妹和亲戚朋友们帮忙才勉强有书读。得亏孩子的成绩好，所以一直努力让他去读书。但钟皓博看见家里这样的困境，高中考上了本就不想读了，想弃学出去打工，还好有了亲戚们的支持和鼓励，他也正准备到县城半工半读。

钟皓博在黄坦中学读初中的时候，可以每周末走山路抄近道回家拿些自己家里种的米和干菜带学校去吃。现在考上了离家很远的县城重点高中——文成中学了，再想经常回家来拿米和干菜已不大可能了，车费也付不起。所以，钟皓博一直有弃学打工的想法。

听完了钟永高的讲述，秋水心里有了帮钟皓博同学的想法："叔叔，您放心，我们都会帮助您和皓博的。"

在秋水跟钟永高交流的过程中，钟皓博已经接过他爸爸手里的活儿，烧起了午饭。时间已经十点多了，也是到了该烧午饭的时间了。

"叶老师，这两天开学的事情多，我还没来得及去找零工。"钟皓博一边烧火做饭一边说："文成县城我还很陌生，不知道哪里有零工可做。等我找到工作挣了钱，就把300元钱还给您。"

钟皓博家里的厨房，只有一个灶台、一张旧木桌和几张旧椅子。

父子俩共用一个卧房，卧房里仅有一张床，床边的一个木箱已经非常破旧了，有些衣服胡乱地挂在木箱旁边的墙上。

看着家徒四壁的房子，秋水很心疼钟皓博这个优秀的好学生。他是个懂事的孩子，但家中经济也是真的困难。

"这样会读书的好苗子可不能被打工给浪费掉了！"秋水在心里暗暗地想。

秋水走到灶台边，要帮忙烧火。钟永高不让她烧，他拿起旁边的拐杖就一瘸一拐地坐下来自己烧上了。

"以后我每个月从工资里拿出300元钱给皓博作为生活费吧！"秋水在心里暗暗地想。

要知道，当时秋水每个月的工资只有 800 多元，300 元足够一个节俭的学生每个月基本的生活费了。

"就这样定了！"秋水看着眼前懂事的学生，斩钉截铁地对自己说。

于是她对钟永高和钟皓博父子说："你们俩别太担心了，我会想办法帮皓博解决生活难题的。"

究竟怎么帮，秋水没有说出来，但是她自己心里已经知道该怎么做。

秋水对培头这个畲族的民族村还是很感兴趣的，她还跟钟永高和钟皓博父子俩了解了一些有关培头村的情况。

中午在钟皓博家吃了简单的全素食午餐，秋水嘱咐钟永高别担心孩子的生活费要他好好保重身体后，一个人就先回文成县城了。

钟皓博周日晚上才回到学校，他在晚自习的时候找了秋水，明确表态不要老师的资助。但秋水知道他的难处，劝他不要多想，好好读书才最重要。晚自习结束以后，秋水把周末买的一些学习用品和衣物拿给了钟皓博。

之后，通过秋水的努力，她得到学校领导的帮助，帮钟永高申请到了农村低保。

从培头回来以后，秋水给钟皓博办理了一本存折，悄悄地塞在他的书包里。钟皓博发现后，心里知道是秋水所为，于是各种推辞，但是也实在没有办法拒绝老师的盛情。在每个月的月初，秋水都会悄悄地汇 300 元钱到他的存折账户里。

他在周末也出去找过零工做，但是那些店老板说只有到了寒暑假才有适合学生做的零工。后来，钟皓博找零工做的事情被秋水知道了，她坚决不让他再去找零工耽误学习，要他静下心来好好地读书，他只好带着感恩的心埋头刻苦读书，发誓要以优异的成绩来报答老师的恩情。到了寒暑假，他就会去打工，去酒店洗碗端菜，去做义工……

每次回培头，钟皓博都会听他爸爸的话带些自家种的蔬菜和农作物给秋水，秋水也拒绝不了，拿到学校食堂烧起来分给大家吃。

平时学校在节日里发的一些东西，秋水都会给钟皓博留一些，她经常会找各种借口买些生活必需品给他。她怕钟皓博舍不得花钱，每年都会买新衣服和新鞋子给他。看他书包旧了，就及时买新的给他。钟皓博如果生病了，秋水就会带他去医院看医生。老师为他付出的温暖，他点点滴滴记在心里，他希望将来有机会可以报答老师的恩情。

从培头回来县城的某个晚上，秋水有感而发，写了一首名为《培头记忆》的诗：

在文成之西，在山水之巅，傲居
远离喧嚣俗尘
有朝阳普照，山风送爽
有梧桐可栖，醴泉可饮
高洁的凤凰，是你们的民族图腾

1300人吟唱着畲村300年神秘的史诗
始祖盘瓠的传说，已流传千年
蓝、雷、钟是你们山哈人的姓氏
钟氏祠堂，是你们的博物馆
从古董、祭器、服饰、生活用具和手工艺品
无不彰显你们独特的畲族人文

畲村的神秘，来自
那些写着"畲"字的红灯笼
来自那些古貌的吊脚楼和畲风古屋
还来自"三月三"的风情，以及
那些古老的故事和形形色色的传说

当然远远不止这些呵
远方的客人呀
在品尝糯米馂与乌米饭之前
请山歌王歌一曲嘹亮的敬茶歌吧
热情的山哈人啊
穿戴起凤凰装的时候
请秀一个柴刈舞或龙角灵刀舞吧

噢……你这神秘好客的畲村
无论明清现今，若居世外桃源
你不仅有前世今生的气息，你还有
现代的色彩，盛开樱桃的红
桑葚的紫，瓯柑的黄……
在美丽斑斓的翘盼中，你欲以
漫天漫野蓬蓬勃勃的向日葵
引来另一只金凤凰

天地沧桑，老了岁月
但朝阳依旧岁岁东升，凤凰依然月月呈祥
曾经，你满载梦想和希望
已让每一株图腾，开出普世价值之花

今天，让畲歌和高岗之声

汇合成更加动人的号角

以畲家人的勤劳刚毅作伏笔，以凤凰的精神

为腾飞的姿态

创新未来，和未来千万里的

向阳行程

第七章　偷闲时光

"秋水，晚饭后我们到学校旁边走走，去散散步吧！"

就在秋水二楼的宿舍对面，有一个和她一起新分来的叫陈爱贞的女老师与她很聊得来，她俩有时放学后就会约起来到学校周边的大岇街去散步。

"好的呀，一起去吧，我都没有好好地去看看学校周边的情况。"

每次出去大岇街散步，她们都会经过校门口一个名为"桥头井"的古迹。通往学校的路就在大岇街的桥头井村，桥头井是全校师生的必经之处。具有关资料显示，桥头井建于明嘉靖三十五年（1556），由三块大岩石合围而成，在当时称"凉水井"。到了万历四十七年（1619），村民把井体用岩石砌成了圆形。后来在清道光二十六年（1846），又改用石块修砌成方形。1990 年由这里的村委会集资重修，改造为石砌长方形。井栏砖砌，高 60 厘米，四周用石阶铺就。桥头井的井水至今还未干，就是久旱也不干。桥头井的井水甘甜清冽，远近闻名。它位于大岇街的中部地段，为大岇街与西门街的交汇处，现在依然是片繁华的地段。如今，桥头井上面建了个四层楼的老人亭，每天有很多老人在这里或读书或看报或听唱词或下象棋，别有一番热闹。

大岇街是条很长的老街，周边没有高楼大厦的宏伟，却有小江南的情趣。整条大峃街横贯文成县城，从苔湖街的街头到林店尾的桥头处。街两边的民房，多是两层木结构的建筑，一楼都是店面，店面前有给行人步行的空地，屋顶的屋檐伸出，为来往的行人遮风挡雨。大峃街原来是县城最热闹的商业街，中华人民共和国成立前这里有陈大昌、陈茂昌、王合吉大房、合吉四房、合吉六房、合吉泰记等10余家知名商号。后来，十三间、新恒丰等商号依然有名。

桥头井近处，有一处距今150余年清朝时期二层楼的翘角古民居，是文成县城不可移动的文物。相传史上曾经出过进士，走进高高的进士台门，这古民居早已有了旧时光的味道。这古民居的院落布局好，制作精，至今还有进士的后人在此居住，是县城中保存得比较完整的合院式古院落。两边的木厢房各有回廊，梁柱门窗上的木雕繁复精细，博大深厚的古文化气息自雕花门梁和窗棂间透出。在这古院落寂静深处，所有的故事，如风过琴弦，拨动灵魂深处的幻象，一如当年的情景再现。

桥头井南侧有个"文成拉面店"，座位不多，但环境优雅，每天的食客络绎不绝，有老师和学生，更多的是南来北往的食客。

拉面店往东，有一间长排房子，前面的一块空地上，阴晴天气的时候，高高的木架子上排排晾晒着一长挂一长挂的面条，这些很有气势的一整排一整排的面条在阳光的照射下，远远望去如轻纱般随风飘动，这就是文成特产之一的"文成纱面"。文成纱面也是文成方言"纱面"的谐音，它细得可与棉纱相媲美，它是文成人馈赠亲友和待客的佳品。

校门口还有很多小吃店、文具店、书店、理发店、饭店、杂货店、印刷店、药店、私人诊所、化妆品店和其他形形色色的商铺以及高高低低又鳞次栉比的民房。

晚饭后，秋水和陈爱贞也会随一帮新老师一起去学校旁边的泗溪河散步。这些年泗溪河变得愈发婀娜多姿了，县城里的人愈加喜欢去河边散步了。每当夜幕降临的时候，泗溪河就变成了五光十色的光影世界，特别是在河畔两边亲水平台和伯温路以及体育路两侧高楼的彩灯辉映下，夜晚的泗溪河确实更具有风情了，在河边钓鱼、散步、跳舞的人越来越多。尤其是跳广场舞的人群，比几年前多了很多。原来文成县城的舞厅有很多，生意也非常好，近些年泗溪河畔的亲水平台和湖滨公园建设得越来越靓丽，爱好跳舞的中老年大妈们慢慢地从舞厅走出来，喜欢到这些开阔之地来跳广场舞了。

泗溪河的亲水平台改造得更大气舒心了。有十八幅浮雕壁画，吸引了秋水的目光。这些浮雕壁画很富有文化气息，展示了文成的地域风情和人文特征。壁画分别为：伯温格言、畲族风情、运动旋律等。"伯温格言"壁画在伯温路的这一侧，米黄色的花岗岩上雕刻了刘基的格言，以人物、榕树、文成山水等作为背景，并配以水纹。其与所处的环境达成了和谐之美。"畲族风情"壁画在对岸的体育场路的金龙公寓处，青石材质上刻以盘瓠传说、畲族图腾、畲族歌舞、传统节日、畲族人民的劳动生活及文成山水风光等元素，体现了畲族的风土人情。用生命树装饰了画面，蕴含着畲族的延续与繁荣之意。"运动旋律"壁画位于体育馆前的亲水平台上，由不锈钢锻造成的各型各样的运动人物体现了运动之美，也体现了生命在于运动之理。

秋水的小弟弟叶信毓在高一时就已搬到学校的学生宿舍，平时姐弟两个各管各的学习和工作。现在弟弟到了高三了，她自然也会给他多一些生活上的照顾，抽空到他的宿舍帮他洗洗衣服，买点营养品给他，多给他一些生活费加强营养等等。

"阿毓，你的衣服老姐已经帮你洗好，晾在阳台上，记得收起来。"秋水边晒衣服边说。

放学后一有空，秋水就会拎着大包小包去看小弟弟叶信毓。

"噢……"小弟弟叶信毓正在看书，漫不经心地答了一句。

"钙片和维生素咀嚼片记得吃，水果别忘了吃，奶粉别忘了泡起来喝，老姐工作也忙，有时候会顾不上你，你要自己好好照顾自己。"秋水从小到大一直都照顾着两个弟弟，大学四年的假期也常回来看两个在文成读书的弟弟，给他们买这买那的，尤其对这个小弟弟，长姐如母。

"噢……"小弟弟忙着学习，头也没有抬一下。

"平时吃食堂，饭菜要多吃，青菜、蔬菜、豆类、鱼和肉每顿都不能少，吃饱了吃好了学习才有劲哦！钱不够，老姐会给你。"秋水真是无微不至到家了。

"老姐，知道了啦！谢谢啦！"还有最后一年就要高考了，小弟弟已经很拼了。

"那你好好学习，老姐就不打扰你了。"秋水赶忙撤了。

"老姐再见！"

"姐姐再见！""姐姐再见！"小弟弟同一宿舍的其他五个同学都非常羡慕他有一个当老师的好姐姐，秋水每次来都会带些东西给大家分享，每一次秋水离开，他们也都会非常客气地和她道别。

每一次去看小弟弟，秋水生怕还有哪里没有照顾到他，可谓无微不至。可是小弟弟是男孩子，喜欢干干脆脆的，对于她的关心，虽然嫌她烦，但也享受着姐姐的照顾。这个小弟弟从小到大大家都宠着他，一直很调皮，以前从来都没有好好学习过，由于底子薄，再加上浙江和福建的教学范围不同，虽然回来老家的这些年懂事了，也已经开始努力学习了，但书读得还是有点吃力。

父母也常常会从瑞安回来看小弟弟，但是看他学习很忙，最多带他到饭店吃顿饭，也不敢多打扰他，基本上就是放了一些生活费，生活必需品和一些营养品以及简单地帮他收拾一下宿舍就回瑞安了。

大弟弟叶信捷在武汉交通科技大学读的是航海技术专业，他的专业是半军事化管理的，一个学期只能寒暑假回瑞安的家一趟，平时他也就是在父母生日的时候打个电话回家问候，文质彬彬又帅气的他很认真刻苦地在学习。

秋水平时也经常打电话给大弟弟，问他的学习、生活和身体的情况，给他寄些生活费以及一些衣物。

一边教书一边资助贫困生，还要照顾高考的小弟弟和读大学的大弟弟。作为大姐，她对两个弟弟的爱护和照顾，一直都没有缺席过。

平日里，秋水虽然不怎么回瑞安家里，但也关心着家里的生意，她常常会打电话回家询问家中近况和父母的身体情况。幸好父母年轻身健，家中生意也不错，让她没有了后顾之忧。

她也向高中的同学打探李春风的消息，听说他已分配在福建的某市立中学教书做语文老师了，也已经和她的学妹订婚了。

秋水在心里默默地祝福他。

但她的心里有排解不去的忧愁，一首《蝶恋花》写出了她离开南平后的离愁别绪：

帘外落黄风正扫,恰是秋萧,回梦知何恼。望断重山愁意扰,淡烟犹漫凉荒草。

寸寸相思难去了,泪洒山城,独守帘钩照。南雁远飞书已渺,而今谁与吟心调?

人生,是由无数个花开花谢的日月组成。人间,有春花嫣红、夏荷舞韵、秋水长天、冬雪飘空的美丽。但是,每个人的生命,也有巫山云、沧海水。

秋水把忧伤的情绪寄情于诗词、诗歌和散文之中,业余一有空,就会坐下来读书、写作、画画和旅游。在现实生活中,她知道如何调节自己,尽量让自己乐观开朗地面对生活和工作,毕竟文艺创作只是业余的爱好,她告诉自己不能把创作的情绪带到现实生活中来。"弱水三千,只取一瓢饮。"在平淡中筑梦,不求春风秋月,只求偷得浮生。

她不仅结交了很多新朋友,周末或假期有空也去拜访了叔叔和婶婶以及阿姨和姨父,得知堂妹也在县城的育英中学读书了。表姐晓华已经大学毕业分在县城大岢镇的银行工作,表弟晓群的学习成绩也很好。

她有时也打电话跟老同学聊聊天,温孜娟已分在水头中学教书,大学的同学她也都有联络,常来常往。

"我心素已闲,清川澹如此。"时光之水在一天天地流过,岁月安好。

在秋水的人生观里,每个人都是带着不同的使命来到世间的,无论他多么微渺,总有属于自己的天地。有些人只追求一份简约的幸福,在简单的世界里,守着简单的安好,平平静静地过一生;有些人期待一场场的烂漫繁华,在纷纷扰扰中,以华丽的姿态,演绎着大起大落的悲喜人生。有些人在意过程的华丽，无谓结果；而有些人不在意过程的辛难，只求善终。

而她，则只想在属于她自己的心城里小筑心梦，用一支素笔，希望能为这一剪流光留下点什么，留下一叶痕迹，如此而已。

因此，在工作之余，秋水也会和家人与朋友们去忙里偷闲，游遍了文成的山山水水，为文成各地留下了许多婉约美丽的诗词，有一首《九张机·文成吟》就是她写文成县的风景和人文的词作：

高山流水画中诗，世外桃源几个知？嘉景人文千古秀，刘基故里话传奇。

一张机，伯温遗址誉华夷。荷香水榭熏风醉，人文古韵，郁离诗话，代代颂刘基。

二张机，啸天罗带洒珠玑。烟波百丈惊天势，溅珠流玉，飞霜卷雪，华夏一珍稀。

三张机，云飞水里动涟漪。清江好似瑶池地，湖光戏鹭，翠微流幻，天与水相随。

四张机，铜铃怪穴自成谜。翠荫密护原生态，连埠十二，紫烟千万，碧水赛琉璃。

五张机，群峰逦迤最多姿。云飘雾荡琼瑶绘，氤氲凝碧，雾凇凌雪，步步景迷离。

六张机，龙麒源里画廊倪。清潭秀壁溪滩异，畲乡歌舞，彦国故事，中外客来痴。

七张机，天开峡谷画屏仪。绿峦青嶂层峰翠，吟哦雅致，漂流野趣，情醉画中嬉。

八张机，红枫古道最相思。枫光更比山光旎，琳琅妆点，枫情画意，随处惹诗词。

九张机，泗溪河畔柳花堤。县城绝景添工艺，丹图迷向，霓虹叠彩，人与景相依。

　　情怡。鹤川处处画图迷。青青一色葳蕤丽，清嘉如幻，游踪如织，山水沁心脾。

　　人辉。俊才辈出各为师。刘基富弼留青史，文坛林放，炳成少将，今古美名垂。

　　鲜珍野味美肴奇，风景人文共此时。山水文成天下魅，世人倾倒几多痴。

第八章 恋爱季节

卓尔不群的叶秋水的到来，早已让文成中学的未婚男教师们蠢蠢欲动。

每到周末和周日的晚上，秋水的宿舍里都会人满为患，他们中不仅有来自本校的年轻老师，还有来自文成县城各机关单位的青年才俊。秋水来文成中学才一个多月，他们借故来约她出去聊天、散步、吃饭、跳舞、看电影和游玩的都有。听陈爱贞说，偷偷地来学校看她的年轻人也很多。

秋水是个爱惜羽毛的人，怕长期这样下去，会对她的个人名声造成影响，她后来干脆就拒绝了所有人的邀请。

但是，各单位的年轻人还是源源不断地来她的宿舍拜访她，原来是每周末来，到后来他们是每天晚饭后不约而同地来，挤满了她的宿舍。有时她要去和学生们一起上晚自习了，他们还不肯离去，这让爱安静的秋水很烦恼。

有一天晚上，好几帮年轻人又来了，站的站，坐的坐，又挤满了一屋，大家在一起谈笑风生，好不热闹。其中有一个穿着淡紫色衬衣微笑着沉默不语的年轻人也每天都来，国字脸的他一般不怎么说话，但是偶尔说出一两句幽默风趣的话就会把大家都逗乐。

秋水不喜欢那些高谈阔论或夸夸其谈的年轻人，这位沉默腼腆稳重的年轻人引起了秋水的注意。她指着他悄悄地问邻座的本校数学老师陈玉峰："玉峰老师，他叫什么名字啊？"

"他叫钟海冬，是我们学校的生物老师，女朋友出国了。"年轻的陈玉峰老师有点吃醋了，他大声地说道："秋水，你怎么都不问问其他人的名字，偏偏问起海冬的名字啊？他已经有女朋友了！"

秋水的脸忽地就红了："我看他不怎么说话，所以才随便一问。"

于是，大家就开始起哄了，说秋水偏心，只关心钟海冬一个人。

秋水和钟海冬被大家弄得很不好意思，但是也没有办法，只能随他们打趣。

直到晚自习的铃声响了，他们才陆续离去。

第二天早上放学后，陈爱贞来叫秋水去一个老师的宿舍吃饭。因为吃不惯学校的食堂，他们好几个年轻人一起搭伙烧饭。她以为是女老师的宿舍，经不住陈爱贞的软磨硬泡，于是答应前去了。

被陈爱贞拖着拽着到了以后才发现她们俩进的是男老师的宿舍区，这个房间就是一个单独的厨房，钟海冬穿着淡紫色的T恤衫正围着围裙在灶台上"嗤嗤嗤"地烧菜呢。

看到她们来了，他腼腆地回过头来打了一个招呼："你们来了！"

秋水有点尴尬，但是已经到了，被陈爱贞拽着也逃不开，被她按着坐下了。一坐下来，秋水抬头一看饭桌，竟然是满满一大桌香喷喷的菜，都还冒着热气，色香味俱全。

"这些都是海冬烧的菜，今天有福了，平时我们可吃不到这么多的好菜。"陈爱贞笑眯眯地看着她解释道。

钟海冬也腼腆地不说话，只管自己烧菜。

秋水扭头看了看厨房的对面，就是钟海冬的卧房，里面席梦思的床单都铺得整整齐齐，房间里收拾得非常干净清爽。

很快，另外几个男老师放学后也相继来吃饭了，陈玉峰也在，还有钟唯敏、包志钰等几个本校的年轻老师，看到秋水来了，他们都很高兴地拍手欢迎她。

几个年轻人到齐了就很开心地先吃起来了，他们不停地夹菜给秋水。

最后一碗菜上桌，钟海冬才卸了围裙坐下来跟他们一起吃。

平时只有陈爱贞一个女老师在，今天有了秋水的加入，有两个女老师在，饭桌上的气氛特别热闹。

钟海冬还拿出了酒，大家更开心了。秋水不喝酒，她要了一杯开水，大家也随她。

"菜是谁买的呀？买了这么多，买得这么好？"秋水问。

"这还用问吗？当然是海冬买的呀！"陈爱贞脱口而出。

钟海冬只是腼腆地笑了笑，秋水发现他笑起来有两个小酒窝："我的课不是主课，比较空闲，有时间去菜场买菜的。"

"菜烧得真好，味道棒极了！"秋水夸奖道。

这顿饭，是她分到这个学校以来吃到的最美味最饱的一顿了，味道比她的父母烧得都好。

"秋水，你也跟我们一起搭伙吧！多一个人的饭反正也是一样烧的。"钟海冬邀请道。

其他几个人立刻欢呼起来，大声叫好。

钟唯敏是个能说会道又风趣的人："哎呀！太好了！多一个人搭伙分摊，以后的伙食费又增加了，准保把你们两个大美女吃成走不动路的大肥婆。"他学起了大肥婆走路的样子。

大家都哄堂大笑起来。

席间，秋水知道了钟海冬已经分到这个学校五年了，他的女朋友去意大利也已经三年多了，出国后都没有跟他联系。

吃了饭，秋水和陈爱贞一起洗碗，钟海冬不让她们洗，催她们去午休，但是两个女孩还是把碗洗好了才走。

这顿饭，让秋水终生难忘。有同事们的热情在里面，让她感受到了同事的情谊。

有了秋水的加入，一群一起搭伙的年轻人别提有多开心了。大家一起去看电影，一起去跳舞，一起去县城有名的景点千秋塔等地游玩，一边工作一边尽情地享受着青春。看，她的《水龙吟·千秋塔四月》词风也变得豁达开朗了：

千秋塔上风光，倚天独占春颜色。红微绿阔，朱栏通径，泗溪遥隔。彩蝶婆娑，鸟声遐迹，半山云白。正东君得意，暗香偷送，皆迷倒、姗姗客。

放眼四方寻碧，最青青、惹人堪惜。槛前楼现，静听车马，悦怀堆积。曲栈新亭，阶中坐对，草花相识。叹缤纷袅娜，融融情态，画谁家帛？

在一次几个年轻人相约去舞厅跳舞的途中，秋水问钟海冬："你女朋友怎么回事？都没有联系了吗？"

"我跟她是和几个朋友一起出去玩了几次认识的，其实也没有什么交集的，都是好事的朋友瞎起哄，算不上男女朋友。"钟海冬淡淡地说："她是华侨人家的女儿，出国是她的选择，她在国外早已结婚了。"

原来如此。

在相处的过程中，秋水发现钟海冬做事比其他年轻人都沉稳，也特别有责任心，对她也特别细心，在生活上处处照顾她。

　　钟海冬是教高三（1）班和高三（2）班生物的，他分配到这里已经有五年了，去年已经入党，他是学校第一党支部的书记。搭伙的人一批又一批地换，五年来，每天都是他大清早地一个人去买大家伙儿的菜，中午烧好饭菜给大家吃，因为大家都喜欢他做的可口饭菜。他不仅厨艺好，做任何事情都特别尽心，工作也尽职，虽然貌不惊人，却深得单位领导和同事的好评。

　　到了交搭伙费的时候了，秋水把分摊的钱给钟海冬，他说什么也不肯收去，秋水不知道他为何不要，心里很不安。

　　秋水的 800 多元工资除了每个月资助钟皓博的 300 元，每个月还要给两个弟弟买这买那的，或给他们兄弟俩一些钱。再说她已经参加工作，也不好意思再向父母要钱，父母就是给她钱，她也不会要，还常常给父母和瑞安家里买东西。她的工资留给她自己花的很少。

　　大家都知道秋水家里是做生意的，不缺钱，却没有想到她的难处。但是，每个月的搭伙费才 100 元左右，她还是交得起的。

　　接连几个月了，钟海冬都不要秋水的搭伙费，秋水也是干着急拿他没辙，想不搭伙了吧，钟海冬不同意。

　　"海冬，为什么不要我的搭伙费呀？你这样让我很为难呀！"秋水着急地说。

　　"你说为什么呀？你的小秘密我早都知道了！"钟海冬故意带着神秘的微笑："你资助贫困生的事情，我早知道了！"

　　"啊！你怎么会知道的？……"秋水资助钟皓博的事情，只有她自己和钟皓博一家人知道，为了照顾钟皓博的自尊，她不让其他人知道。

"我一直关注你呀！你一到这个学校来我就一直在关注你。你的人缘很好，大家都很关注你。前次我不小心碰到你和钟皓博同学在走廊聊天，后来看到你塞钱给他。"

钟海冬继续带着微笑说："我就知道你在帮他，前次钟皓博同学没钱吃饭的事情传遍学校了，但是大家都不知道他的问题是怎么解决的，原来是你在帮他。你不是还写了一首《培头印象》的诗吗？我猜你一定去过他的家，了解过他的困难。学校领导问起钟皓博同学的事情，你还说已经解决了。最近参加工作拿了工资后，你也没有给你自己买过新衣服，所以我猜你是为了帮助贫困生，自己弄得很拮据。"

秋水没有想到这个钟海冬这么细心，对她的事情也特别上心。

"海冬，没想到你这么细心。不过，这搭伙的钱你一定要收。"

钟海冬就是死活不肯收钱，秋水也不知怎么办好。

"我资助钟皓博同学的事情，请为我和他保密，孩子的自尊心强，万一影响大了，怕伤害到他。谢谢你哦！"

"放心吧！我知道的，我会保密的！以后我们一起来帮助钟皓博同学吧！"

"谢谢你！"秋水是个善感的人，很容易被善良和美好感动，她被钟海冬感动了。现在有了钟海冬的助力，她感觉轻松多了。

不知什么时候起，陈爱贞和钟唯敏已经谈上恋爱了，悄悄独立出去两个人自己搞二人世界去了，不跟大家搭伙了。包志钰狂热地追过秋水，秋水没有理他，调到文成玉壶的上林乡当校长去了。陈玉峰没追成秋水，也出国去了。

慢慢地，几个搭伙的伙伴看出了钟海冬对秋水有意思，也洞悉了秋水对钟海冬有好感，都知趣地找各种借口退出了，到最后只剩下了钟海冬和秋水搭伙吃饭。

时光，平常而又美丽。

日子在一天天的工作和生活中越变越美。

圣诞节很快就到了，元旦也快到了，秋水的生日也到了。

秋水生日的那一天忙着教书，她自己也忘了。到了晚饭的时候，饭菜特别丰盛，钟海冬叫了几个老师来为秋水庆生，蛋糕是钟海冬准备的，几个老师分别买了生日礼物给她，让秋水有了意外的惊喜。她知道这一切都是钟海冬精心安排的，心里特别感谢他。饭桌上，"谢谢"二字就一直没离开过她的嘴。

晚饭后，秋水回到了自己的宿舍。没想到，钟海冬随后拿了一束外包装是淡紫色的红玫瑰和一封贴了两毛钱邮票的信送到了秋水的宿舍，不善言辞的他羞涩地放下了玫瑰花和信就匆匆地走了。

秋水打开信一看，竟然是一封情书！

是一封让她脸红心跳的情书！

情书不长，语言也很朴实，但很感人。情书的内容是这样的——

秋水：

经过这些日子的相处，温柔美丽的你给我留下了非常好的印象。你人美，心灵也美。遇见你，我觉得是一件非常幸福的事，我希望我以后可以照顾你，也希望你能给我照顾你的权利。当我第一次看见你，就喜欢上了你。后来看到那么多人在追你，自卑的我就一直不敢向你表白。但是今天，我还是鼓起勇气向你表白了。

感谢你选择跟我在一起搭伙，让我看到了你善良美好的另一面。我不知道我这封信是否会吓到你，第一次给女孩子写情书，我很紧张，也不知道该写些什么好，但我是真的喜欢你。

今天是你的生日，祝你生日快乐！

钟海冬

1995 年 12 月 26 日

情书上的字迹虽然有点小潦草，但是娴熟秀气。能写得出一手如此好字的人，一看就是一个心智成熟的人。

秋水再看那一束大红的玫瑰，她拿着数了数，是十一朵！

十一朵玫瑰的花语是：一心一意，一生只爱你一人。

秋水明白十一朵玫瑰的花语，那一晚她被情书里的情话和玫瑰的香味陶醉了。

尤其是钟海冬那一句"我希望我以后可以照顾你，也希望你能给我照顾你的权利"，一句朴实无华的话，感动得秋水热泪盈眶。

当晚，她开心地写了一篇日记，写下了她最近和钟海冬相处的一幕幕，她觉得他是一个知冷知热的人，是一个会真心疼爱她的人，是一个可以托付终身的人。

从初中开始，秋水就收到过很多男孩子写给她的情书，那些情书的字句写得比钟海冬的更肉麻更华丽更烂漫更诗意的都有，那时她一心扑在学习上，都没有把那些情书放在心上。钟海冬出自肺腑的情书虽然朴实无华，却深深地感动了她。

李春风于她，只是一个虚无的梦，只是一个忧伤的过去，只是一个曾经的同学。过去的已经过去，未来的日子还应翻开新的篇章，她需要有一个人和她共同承担世间的风风雨雨。

写完日记，秋水也用质朴的语言回了一封短信给钟海冬——

海冬:

　　你好!

　　收到你的来信和玫瑰,我很开心,我觉得自己是这个世界上最幸福的女孩。这些日子以来,让你辛苦了,感谢你的付出和真诚以及对我的照顾。从来没有人对我这样好过,你是唯一一个。

　　谢谢你为我过的生日!谢谢你的玫瑰!我会永远珍藏在心中。未来的日子,我希望我们可以一起携手共承世间的风雨。

　　也祝你快乐!

叶秋水

1995 年 12 月 26 日

　　秋水当晚就把回信送到钟海冬的宿舍,当她正准备敲开他宿舍门的时候,钟海冬已经把门打开了。

　　"秋水,我在窗户上就看到你过来了,听到你的脚步声停在我的门口了!"钟海冬羞涩地低头微笑着说,剑眉低扬,眼睛里有光,他有着挺直好看的鼻子,嘴角是上翘的,两个酒窝也带着羞涩。钟海冬天生有一副微笑的脸。即使平时不笑的时候,也让人感觉是笑意盈盈的。如沐春风。

　　"哦……哦,今天谢谢你帮我过生日了……也谢谢你的信……谢谢你的玫瑰!这是我给你的……回信!"秋水也脸红红地害羞了,说话也语无伦次了,她递上她的回信。

　　"……"钟海冬慌乱地接过回信。

　　"海冬,那我先回宿舍了……"秋水娇羞地说完,慌不择路地跑了。

　　那一夜,秋水辗转反侧,她一直在构想着钟海冬看到她的回信时的场景，她相信钟海冬一定也一夜无眠。

第二天早上快 7 点钟的时候，钟海冬把一大碗热气腾腾的早餐面送到了秋水的宿舍。

中午第四节快放学的时候，钟海冬就在她的教室门口等着接她一起去吃午饭了。

下课铃声一响，他就堵在了教室门口："秋水，去吃午饭了！"

"好！"秋水依旧是害羞的表情。

她跟着钟海冬一起到他的宿舍吃午饭，两个人害羞着，似乎有千言万语要说，却都沉默着一声不响。默默地吃完午饭，秋水和钟海冬一起默默地洗完碗，他把她送回宿舍。

"午安！"他只说了两个字。

"午安！"秋水目送着他依依不舍地离开。

钟海冬依旧来接她吃晚饭，吃完晚饭依旧是依依不舍地送她回宿舍然后依依不舍地离开。

这样一直到元旦前夕。

"海冬，晚上我主持大峃镇的元旦晚会，请你一定要来。"晚饭后，秋水递给钟海冬一张第二排的晚会入场券。

大峃镇就是文成的县城，晚会在建设路的电影院举行。

那晚，秋水穿着大红的礼服，和本校高三的语文老师高树煜一起主持了文成县的元旦迎新晚会，她落落大方的主持风格，流利的普通话，赢得了大家一次又一次的热烈掌声。

晚会结束后，钟海冬早已等在后台。一看到盛装的秋水，他就不停地夸奖她："秋水，你今天真美！主持得真好！"

"谢谢！谢谢！"秋水笑靥如花。

从电影院回到文成中学的宿舍，有近两公里的路程，因为秋水穿着礼服，加上又是晚上近十点了，钟海冬叫了一辆三轮车一路护送着秋水，两人一起回到了她的宿舍，这一次他走进了秋水的宿舍就徘徊着不肯走了，几次欲言又止。

"秋水，明天是元旦，我叫了几个好朋友一起去金钟山游玩，放假了你也一起去放松放松吧！"钟海冬终于鼓起了勇气邀请她。

"好的呀！明天我有空的。"秋水高兴爽快地接受了邀请。

"你答应了？太好了！"钟海冬像个孩子一般兴奋地抱起秋水转了好几圈。

"海冬，我头晕了！我头晕了！"秋水娇笑着低喊。

钟海冬赶忙放她下来，顺势抱住了她："秋水，你今天真美！"他深情款款地看着秋水。

秋水也含情脉脉地低着头不说话。

钟海冬一米七二的个头，秋水今晚穿着 8 厘米高的黑色高跟鞋，两个人站在一起可以近距离地感知彼此的气息。

钟海冬情不自禁地捧起她的脸，似乎是捧着异常珍贵的珍宝，久久地凝视着秋水："秋水，我很喜欢你，你喜欢我吗？"

"嗯……"秋水抿着嘴唇不敢看他的眼睛，也不敢多说话，整个脸火辣辣地红得像一朵粉红的鲜玫瑰，心也怦怦怦地狂跳着。

"噢……秋水……"钟海冬忘情地低下头吻起了秋水的额头，慢慢地吻向她的脸颊，最后停留在秋水的唇上……

秋水闭上眼睛惊慌而又紧张地回应着他湿湿糯糯的吻。

两人深情拥吻一阵子后，秋水被吻得上气不接下气了，她温柔地推开他，要他回他的宿舍，钟海冬恋恋不舍地走了。

她痴痴傻傻地看着钟海冬一边走一边不停地回头看她，他的唇边，还留有她唇上鲜红的唇膏。

她再看看镜中自己的嘴唇和唇边，也是雨打桃花一般狼藉，她捂上嘴"扑哧"地笑出了声。她没有想到晚上会有这样一出，否则她会用不掉色的口红了，或者早早将樱桃小嘴上的唇膏洗干净了。

那晚，是秋水的初吻。

秋水知道，她是恋爱了，她是真的恋爱了！

洗漱了之后，秋水把晚上难忘的一幕幕都写进了她的日记里。

秋水越来越开心地感觉到，恋爱的心情，像阳光里的花儿一般美。

写完日记，她又写了一首诗，诗的题目为《阳光花》：

> 悄悄地爱上你以后
> 心里便簇开了　朵朵心花
> 那些花儿朵儿　都是用七彩阳光做成的
> 在心里　长成怯怯渴望的样子
> 在每一个日夜　用我的温柔和爱恋包裹着
>
> 那些阳光花儿
> 一朵一朵　娇羞地开
> 轻拢着裙边　带着幽幽的清香
> 犹豫里润染着羞涩的红晕
> 轻轻柔柔为你绽放
>
> 请给我一个温柔眼神
> 让阳光花儿朝着你的方向

暗香里　许下虔诚的心愿

红晕中　透着淡淡的渴望

你看　满目的七彩秋光　也在为我娇羞

请再给我一个温柔拥抱

让阳光花儿听到你的心跳

我已经等了很久　很久

等你来时　忘记所有的相思苦

在我温柔的浅笑里　幸福地迷失

又是一夜难眠。

第二天元旦，钟海冬把秋水介绍给他的所有好朋友们，县府的何亦钦，电视台的吴昌学和吴惠君，法院的叶刻勤，卫生局的叶筠，公安局的傅力敏，薇薇新娘的老总雷振……大家便一起高高兴兴地坐着两辆黑色桑塔纳去金钟山游玩了。那天秋水戴着淡紫色的圆帽，穿了一身淡紫色的秋装连衣裙，外加公主式带黑白格子花边的短款黑色开衫，脚穿一双带莲花图案的黑色平底皮鞋，背了一个淡紫色的背包，看着雅致又淑女。钟海冬也不约而同地穿了同色系的淡紫色衬衣、黑色牛仔裤和黑色的皮鞋，两人竟然是情侣衫的完美搭配。那天，朋友们帮他们俩拍了很多张合影，那些合影，将是他们这一生中最难忘的回忆。金钟山的风景很美，美得只能用秋水的诗来形容：

人在青峰顶，秋阳正半醺。

茂林春作色，深谷自生云。

钟鼓无形在，天山有界分。

远流知我意，只是不能闻。

那天从金钟山游玩回来，秋水的兴致很好，写完了一首五律诗，又写了一首《画屏春·游金钟山》，她把金钟山的美再一次淋漓尽致地表现在她的词作中：

缥缈金钟云雾里，青山恰似摩空。玉泉溪上拂轻风。倚高远眺处，阁殿绿荫中。

满目清光无限意，层峦横岫重重。偷闲小坐望秋红。禅音正激荡，伴我赏玲珑。

秋水用诗词记住了金钟山的美，记住了金钟山的美，就记住了她当时玲珑的恋爱之心。

在尽心工作的同时，他们也在享受着美丽的恋爱时光。每一天的恋爱时光都是美妙的，有太多的难忘故事和美丽心情。业余，钟海冬和秋水经常出双入对地去看电影，跳舞，唱卡拉OK、散步……

在生活上，钟海冬对她体贴入微，帮她洗衣、做饭、整理宿舍等等，生怕她饿着累着，每天都形影不离地做她的护花使者。

学校里的年轻教师看着他们这一对，都是羡慕嫉妒恨。年长的教师看着他们，也是在感叹中带着祝福。很多人想不通优秀的才女叶秋水放着那么多家境好背景好追她的年轻人不选，为何找了个平庸的男朋友钟海冬？确实，连秋水自己也不明白为什么，爱情的基础是真心，她觉得只要是双方都付出了真心的情感才是纯真的真情，无须太多世俗的成分。

秋水的朋友和同学都在福建南平，回来浙江后，大都生疏了，只有几个较好的同学也只是通通信或发个传呼或打打电话，山高路远，难得见一面。而钟海冬在文成的朋友和同学很多，遍布全县各行各业，他的朋友慢慢地都变成了秋水的朋友。钟海冬也喜欢跑马拉松，得了全国各地的很多"跑马"奖项，他有很多跑友。钟海冬天生有一副好歌喉，只要他唱起抒情歌曲和流行歌曲，都是一片叫好声，朋友称他为"歌王"。他们俩常和这些朋友小聚、结伴出游、去舞厅跳舞、唱卡拉OK等等。钟海冬烧得一手好菜，秋水和朋友们享尽了口福。

　　人在恋爱里，本就春风得意，又结交了诸多的好友，秋水的心情自然非常愉悦。她感谢这些时光中的情意和友谊，让她的人生丰富又多彩起来。所有的一切，成了她文艺创作的灵感，她在业余时间里创作了大量的现代诗歌、诗词和散文。

　　春节临近了，钟海冬要带秋水去西坑镇旁边垟村的家里去见他的家人。

　　"秋，明天周末回家见我的父母去吧。"钟海冬带着恳切的语气。

　　他们俩现在已经很亲昵，称呼对方都已经只用一个字。

　　"啊！冬，我有点紧张啊！"秋水不知道他家在哪里，也不知道他父母是什么样的人，不知道他们会怎么看待她，再说和钟海冬交往的时间也不长，她还不敢这么快丑媳妇见公婆，她有点紧张。

　　"我父母都是在家务农的，都是善良本分的人，他们见到你肯定非常开心的。我已经打电话跟他们说了我们俩的事情。"钟海冬很坦诚。

　　"那就好！我们买些什么去见你父母呀？"秋水听钟海冬这样解释便也开心起来了。

　　"我爸爸喜欢抽点烟喝点小酒，买包好烟给他，再顺便带瓶好酒给他。我妈呢，买件衣服给她就好。"

"好的呀！我去买！"秋水雀跃了。

"亲爱的秋，你真是太好了！我们一起去买。"钟海冬见秋水答应了去见他的父母，别提有多高兴了，他抱着秋水就狂吻了起来。

周五那天中午放学后，他们俩高高兴兴地去自选商场买东西了，不仅买了烟酒和衣服，秋水还买了一些营养品和很多糖果糕点。

第二天周末，秋水特意穿了一套镶白边的黑色套裙，打扮得成熟稳重又时尚。他们俩坐到西坑镇的汽车到了钟海冬家旁边垟村的路口，两人下了车，没等到入村的车，沿着通村公路就走起来了。两个年轻人提着大包小包，带着游山玩水的心情，一路唱着流行歌曲《中华民谣》，欣赏着路两旁的美丽山水风光，好不快活！

半个小时的路程在快乐中变得很短。秋水在城市里长大，对不同于她老家桂东村和金洋乡渡读村的舅舅家等以外的其他村庄都很少去，所以对这个旁边垟村新奇的一切和美丽的山水风光都让她带着强烈的好奇心。越到村里，她的好奇心就越强。她随钟海冬一路和乡亲们打着招呼，因为这个旁边垟村是个美丽的畲村，村里的人都说闽南话，以前在南平市区说普通话长大的秋水虽然听不懂，但觉得他们的语言很有趣。畲村里的人早已经汉化，着装和汉族人无异，钟海冬说他们平时的生活习惯也和汉族人差不多。

还没到钟海冬的家，他的大姐、二姐和三姐等三大家子的人以及他的父亲钟玉霖与母亲钟兴华早已经等在路口来迎接他们俩了，听说海冬带回城里洋气的女朋友了，一大家子人都替他高兴。大家帮忙拿着东西，钟海冬的三个姐姐拉着秋水的手问长问短，他们的孩子们则围着秋水前后左右地转，秋水被他

们的热情弄得不知所措，只好随着钟海冬一一问大家好。钟海
冬还有一个单身的弟弟叫钟晓冬，在温州做印刷的，听说大哥
带了女朋友回家了，也从温州市区赶回家来了。

"秋水，你来啦！欢迎你啊！"钟海冬的几个兄弟姐妹们
高兴地欢迎她。

秋水的嘴里也甜甜地叫着"叔叔好"和"阿姨好"，钟海
冬也"爹、娘、姐、姐夫"地叫得很亲热。

"姐姐们好！大家好！"秋水腼腆害羞中又自带大方稳
重。

"一路上辛苦了！海冬赶紧带秋水到屋里喝口茶休息一
下！"大姐不善言辞，二姐和三姐热情又嘴甜。

"是舅妈来了！漂亮的舅妈来了！""太好了！有糖吃
了！有好吃的了！"大姐家的三个孩子乐坏了，蹦蹦跳跳地一
路跟随着，二姐家的两个男孩也欢呼雀跃。

秋水挽着海冬的胳膊一边开心地微笑着一边进了屋。

钟海冬的家在通村公路旁边，三面环山，前面种了很多白
桦树，房子是两层楼砖木结构的，看着很像山间的别墅。虽然
装了自来水，但屋后还有四季不干的泉水在叮咚响着。屋前有
很大一个小院，两旁种满了绿色植物。

"是叫秋水吧，你来啦！"

"玉霖哥，兴华嫂，你们俩有福气啊！团跟媳妇都这么优
秀！"

"海冬，女朋友这么生好，怎么不早点带来给大家人看看
啊？"

"海冬，你女朋友也是老师啊？呀，你们两个都吃铁饭碗
的，真爽啊！"

原来，旁边垟村的人不仅会说他们畲族的闽南话，也会说

西坑话，就连普通话也会说。秋水说的双桂话和西坑话也是大同小异，虽然腔调有点不同，但大家相互间也能交流。有时候听不明白了，就用普通话来解释。

全村人都赶来钟海冬家看热闹了，他们盯着秋水像看新媳妇一样上看下看左看右看的。秋水把给钟海冬父母的礼物都拿出来给二老，把糖果糕点大方地分给来看热闹的村里人。

那天，钟海冬家里像办喜宴一样热闹，叔伯堂兄弟等等七大姑八大姨都来了，大姐夫和几个叔伯在厨房和后屋烧菜忙，几个同村人在屋前的小院里捣糍粑做豆腐，还杀鸡杀鸭杀猪。秋水一边看大家捣糍粑一边听叔伯长辈介绍做这些上好的糍粑的过程，要用高山新糯米在山泉水中泡两天，用甑子蒸熟，然后趁热和上白糖放进石臼里手工舂打，舂打好再揉成圆饼状，两面都撒上芝麻和豆粉，鲜美软糯的糍粑就做成了。

到了中午开饭的时候，摆了五大桌酒席，大家轮番来给秋水和钟海冬敬酒，他们俩也去跟大家一一敬酒。宴席上，畲族人有自己的饮食文化，自酿的糯米烧红酒，是畲家宴的特色，香味扑鼻。秋水虽然不会喝酒，也轻尝了几口。据桌上的长辈讲，以前他们在敬酒给贵客之前有唱敬酒歌，现在会唱敬酒歌的人已经不多，也不盛行了。宴席开始的时候，最先端上来的是盛在竹筒里的乌米饭，它是将糯米用乌稔树的绿色树叶泡制而成的绿色食品。上了几道菜后，后面端上来的是刚才在小院里打的畲族糍粑，非常香甜可口，给秋水留下了非常深刻的印象。有畲语山歌唱道："糯米做糍圆又圆，香麻拌糍甜粘粘。"吃了畲族的糍粑，就可以把福气带回家，畲族的香甜糍粑代表着畲家人幸福生活的味道。原来，吃糍粑是有寓意的，真是让秋水大长了知识。他们畲家待客要上满20余道菜肴，体现了畲族人纯朴原真的热情好客。

　　看着这一大家子人其乐融融的盛大场面，充满了祥和与欢乐的气氛，秋水自己感动了。她以为只是简单地见个父母，没有想到他们畲族人竟如此热情好客，第一次见面竟然弄了这么大的排场。

　　钟海冬告诉秋水，这是这里的畲族人招待贵客才有的排场。以前招待贵客，他们会戴凤凰冠和穿凤凰装，现在他们的服饰已经跟汉族人一样了，要想看到凤凰冠和凤凰装，除非是在大型的"畲族三月三"的风情节上。每年的三月初三，是畲族人的传统节日，相当于汉族人的春节。在三月三那天，他们会祭拜祖先，载歌载舞，吃乌米饭等等，热闹非凡。

　　秋水的家乡桂东村也有一个叫双垟包的自然村，也有畲族人。双垟包村中的很多人都姓包，但秋水与他们没有接触过，所以不了解畲族人和他们的文化。这次旁边垟村之行她才知道，原来蓝、雷、钟、包等姓氏都是畲族人特有的姓氏。

　　听了钟海冬的介绍，秋水很惊叹畲族这个民族独特的文化。但是他们现在很多的孙辈都只会说普通话，不会说他们自己老祖宗流传下来的闽南话了。畲族的汉化，虽然有些遗憾，毕竟老祖宗的文化传承慢慢地少有人知了，但从另一个角度来讲，却是民族团结相融的大喜事。

　　午饭后，大家欢聚在客堂上围着秋水畅聊，问起她家里的情况，秋水一一如实相告。

　　畅聊中，大家还告知秋水，这个村里有一个叫雷炳成的将军，现在北京工作。他是1953年4月出生的，是中共党员，1971年入伍，在海军某部通信团当通讯兵。1975年任刘华清主席的秘书，为中央军委办公厅秘书办主任（副军级）。2002年7月晋升为少将军衔。他每次回乡都会帮忙村中做好事，为村里修公路四处奔走。这个村里的交通这么好，从羊肠小道到现在四米宽的水泥路，都得益于他的帮助。交通改善以后，村里人的生活越变越好了，村里的房子从茅草房到土坯房，再到现在的水泥房，村民的生活质量都大幅度地提高了。他还为西坑的国家级森林公园奔走，牵挂着村里的贫困村民并多方联系与协调扶贫工作。村里有这样一个好将军，真是村民的福气。

那天晚上，秋水到钟海冬的大姐钟仙梅家里吃饭，晚上就住在大姐家。她大姐住在村口公路边，两间三层楼的落地房很宽敞舒适，周围都是茂密的绿色植被，风光旖旎。二姐叫钟仙竹，也是住在村公路边，也有两间三层楼的落地房。三姐叫钟仙姣，住在西坑镇上，家有五层楼的落地房。

周末在旁边垟村待了两天，给秋水留下了一生难忘的印象。她和钟家人一起去山间田里，感受来自大自然的恩赐，直到周日下午才依依不舍地和大家道别离开旁边垟村回到县城。

秋水和钟海冬恋爱的事情，慢慢地被两个弟弟知道了，他们俩都为姐姐高兴，姐姐找到了疼她爱她的人。

后来秋水远在瑞安市区的父母也听闻了女儿和钟海冬的事情，母亲有微词。于是她的父母第二年的正月特意从瑞安市区赶上来探探钟海冬的为人。钟海冬热情细心地招待了秋水的父母，他们二老看了钟海冬的好人品才放下心来让他们继续交往。后来的冬至，秋水把钟海冬带到瑞安家里也待了两天。慢慢地，秋水的父母对海冬比对秋水还更好了。

秋水和钟海冬，越发珍惜这难得的缘分。看看秋水写的诗《梦一样的爱情》，就可以看出他们俩的每一天都在如梦的烂漫和诗意中度过……

"你知道吗？这个世上最美的是什么？"

"最美的是……爱情……"

——题记

是的

世间的这一种最美

是无法言语无法想象无法描绘的

有爱情的人儿的世界

正变得越来越美丽

在我们的回眸间

在光阴的流转间

在我们的梦里梦外

让阳光漫过我的眉心　眼神　脸庞　发丝

我如此地欣然　欢喜

自己写诗　吟诗

直到　所有的美　吟尽

周围散落的阳光

窗外冬季的河畔

远山的红枫

哦……所有的物景

都附上了爱的光辉

都涂抹上了诗意的色彩

一朵最普通的花

一棵最不起眼的植物

都足以让我为之沉醉
醉到对着整个世界
喊出心中魂牵梦绕的你的名字
喊到笑中带泪　泪中藏蜜
最后只剩下相怜和疼惜

找不到
最华丽的词语　最恰当的句子　最唯美的段落
来形容爱情

爱情究竟是什么？
爱情只是　一些文字　一首歌　一种物象……
似乎都是不尽完美的答案

我们的爱情太过完美
隔着距离　也可把人诱惑
究竟什么才是最美的爱情？
是一个女子　在梦中作诗
是一个男子　在虚幻的梦境里呢喃

我知道
我们需要另一场生命另一种境界
才配得上爱情
比如此刻梦中你的呢喃　我的聆听

　　当然，在秋水看来，上好的时光，就是这样真心简单地爱一个人。

　　在如莲的时光里，秋水和所有的人一样，都是柔情的人，会为一片叶低眉，为一朵花浅笑，为一片云遐思，为一滴雨落泪。所以，会不由自主地爱上一个人，会爱上云淡风轻的春天，爱上风雨阳晴的四季，从而爱上了水秀山明的人间。

第九章　扎根文成

　　由于秋水尽心尽职，又善于鼓励学生，善于协调各位课任老师和学生的关系，善于跟家长沟通，她带的高三（1）班的综合成绩每一年都排在年级第一。他们班的班长陈伊凡的数学、物理、化学等各科在市里和省里的竞赛中多次获奖，年级第一名都被她拿下了，其他各科成绩也都很优秀。钟皓博也不负众望，他的语文、英语、政治和历史的成绩常常排在年级第一，其他理科科目的成绩也都名列前茅。他们班被评为"优秀班集体"和"先进班集体"，陈伊凡和钟皓博这两个理科状元和文科状元多次被评为"三好学生"。

　　秋水不仅尽心尽职地教书育人，也悄悄地资助着贫困生。钟海冬也很支持她，他不仅在生活和工作中尽可能地帮助秋水，有时候他看秋水忙，就自己偷偷地找到钟皓博的存折账号悄悄地帮忙去汇钱给他，汇好了才跟秋水说。在学校里，秋水和钟海冬的人缘很好，领导和同事都给他们俩很多赞誉。秋水因为工作努力，成绩出色，被多次评为"教坛新秀奖""校级骨干教师奖""优秀青年教师奖"等各种荣誉。钟海冬也因为工作责任心强，表现优秀，被评为"学科带头人""校级骨干教师奖"等奖项，后来荣升为文成中学高中生物教研组的组长。

　　秋水所在的党支部是在第二党支部，他们支部会经常开展党员活动。多次去珊溪镇的刘英纪念馆和西坑镇敖里的周定烈士纪念馆，开展各种主题的党日活动。她了解了刘英和周定等革命先烈的生平事迹，对他们的革命精神怀着很深的敬意。每一次活动后，她们会去走访和慰问困难的老党员，秋水也会为他们送上她个人的关怀，给他们一些个人的慰问金。有时候下乡经过，都会带些钱物给这些老党员。

1996 年，秋水的小弟弟叶信毓考上了温州职业技术学院攻读机械工程系。

1997 年，秋水的大弟弟叶信捷大学毕业后分到了平阳的敖江边防派出所工作，同年很快找了一个在敖江中学教书的老师吴思思作为女朋友。

秋水的心愿是等钟皓博考上大学后才结婚。在当时那个年代，能考上大学就已经很不容易，若能考上重点大学，更是难得。

1998 年，钟皓博从一个瘦弱的小男生长成了高大帅气的18 岁的大男孩了，他以优异的成绩考上了浙江大学的汉语言文学系，陈伊凡同学也考上了中国人民大学的计算机科学与技术系。秋水带的那一届学生，基本上都考上了本科和专科，考上重点大学的有 6 个学生。

钟皓博同学考上了浙江大学后，他的妈妈雷凤英找到了他。原来，他的妈妈自从离开文成后，就到了杭州打工，重新找了个经商的男人嫁了。现在她在杭州开了一个服装店，有稳定的经济收入。当她从钟皓博口中得知是叶秋水老师资助儿子读的高中三年，她被感动了。她在那个暑假的 8 月下旬特意从杭州赶到文成和钟皓博一起来答谢秋水，他们约好了在文成中学钟海冬的宿舍见面。

当时，新一届的高一新生已经来报道军训了，秋水和钟海冬也已经结束假期回校了。

"叶老师，这两万元请您一定要收下。"钟皓博的妈妈拿了两万元钱装在一个大信封里来答谢她，要她收下。

"皓博妈妈，不可使，不可使啊！"秋水没有想过要收回付出的一切，她只希望她的学生们都有一个锦绣的前程，学有所成后回报社会。

"叶老师，您这样不收，叫我们怎么报答您的恩情啊！"

"老师，请您一定要收下！"钟皓博也恳求秋水收下。

"皓博已经在用他的实际行动报答我了！他考上浙大，就是最好的报答。"秋水说。

"叶老师，皓博读大学的费用我们会自理的！感谢您这三年来的资助！"

秋水说什么都不肯收下这两万元钱。

当天中午，钟海冬烧好了丰盛的午餐招待钟皓博母子。

"叶老师，应该我请您二位去酒店吃饭的，你们怎么反而请我们吃饭了啊！"钟皓博妈妈感动地说。

午饭期间，钟皓博的妈妈自然是千恩万谢地说了很多感谢的话，说到动情处，还情不自禁地流下了眼泪，钟皓博也是多次感动得流下了眼泪。

"叶老师，钟老师，我们先回去培头了，以后再来答谢你们！"

"老师，再见！"

午饭后，钟皓博母子含泪告辞回去培头了。

钟皓博妈妈临走的时候，她从传达室老伯那里问去了学校各位领导的电话。

8月31日，又到了新一届新生正式报到注册的时候了。注册结束后，秋水接到雷鸣校长的通知，叫她到学校会议室去一趟。

到了学校会议室，秋水很惊讶地看到了校长和副校长等几位校领导和钟皓博母子都在，钟皓博的手里拿着一面"师德高尚师恩难忘"的锦旗，正流着眼泪看着门口，一看到秋水出现，他和他妈妈雷凤英就迎上前来了。

"老师……谢谢您……"他流着眼泪把锦旗用双手递过来准备给秋水。

"哎呀！皓博，皓博妈妈，你们不用这么客气的！"秋水一时还没有反应过来，她没有想到他们会来见校领导。她没有思想准备，也没有伸手去接锦旗。

"秋水，你三年来默默资助皓博的事情，皓博妈妈都已经跟我们校领导说了，我们为有你这样的好老师而骄傲！"雷鸣校长手拿一个大信封走上前来夸她，秋水一看，还是那两万元钱！

这让秋水更不知所措了。

"皓博妈妈叫我们把这些钱转交给你。"雷鸣校长说。

"真的不用这样的，这样我怎么敢当啊！"秋水很惶恐，没有伸手去接钱。

于是，雷鸣校长让大家坐下来聊。

"我有一个想法，把这两万元钱中的一万放到学校学生工作处的奖学金里，以资助贫困的同学们。"秋水沉默了很久提议道："剩下的一万请皓博的妈妈拿回去当皓博上大学的学费和生活费，她在外面挣点钱不容易。"

讨论了很久，大家拗不过秋水，于是只好就尊重秋水的决定了。

"好吧，以后我们再奖励叶秋水老师吧！今天先这样！"雷鸣校长结束了讨论。

散了会之后，钟皓博和他妈妈一起把锦旗拿到了秋水的办公室，挂在了秋水的办公桌上面。

"叶老师，我们今天还要去杭州，皓博要到浙大去报到了。"钟皓博的妈妈来辞别。

"很好，皓博你要继续加油！争取以优异的成绩毕业，将来好做社会的栋梁之材！"

"谢谢老师！我今生都会铭记师恩在心！"钟皓博一边辞别一边流泪。

"谢谢叶老师！"钟皓博妈妈也流着泪辞别。

之后，秋水又认真投入到新学期的新一届新生的教学工作上了。到了9月8日教师节那天，秋水又被评为优秀教师了，这一次她的优秀事迹被学校的师生们广为传颂了，她的优秀事迹被学校推到教育局，教育局也发文表彰了她，给了她一个"最美教师"的荣誉，并给她发了一万元的奖金。后来，秋水又把这一万元的奖金捐到教育局的奖学金里，让教育局发给需要的优秀学生。文成中学本来想做一个典型，把她的事迹发到县新闻中心和电视台，但是秋水要求不要对外发布，以免影响到钟皓博同学，事情才就此告一段落。

生活回归到平静的状态，秋水和钟海冬的爱情也迎来了丰收季。

1999年的正月，经过了三年多的爱情长跑，秋水和钟海冬结婚了，婚房就放在钟海冬的宿舍。婚礼是西式的婚礼，是在文成大酒店举行的。他们把旁边垟的亲友们都请到了县城参加他们俩的婚礼，吃完喜酒后又包车送大家回去了。按照当地习俗，结婚当天，女方家里只可来两个大舅子——秋水的两个弟弟和伴娘，秋水的伴娘是温孜娟和陈爱贞。

结婚的时候，秋水的父母没有向钟海冬家要任何的彩礼钱，相反还送了一辆三万多的本田王摩托车和十几床的棉被以及一大堆的嫁妆过来。

因为女婿钟海冬体贴疼爱自己的女儿，秋水的父母对她和他的家人也格外好。

当年，因为国家已经开始实行了房贷政策，借着这个好政策的东风，秋水的父母考虑他们俩以后有孩子了住宿舍会不方便，于是帮忙付了首付后帮秋水夫妻俩在县城的体育场路买了一套125平方米的套房让他们住进去，秋水和钟海冬要求自己分期付房贷，小夫妻俩表示等攒够钱了一定要把首付还给父母。

应秋水的要求，钟海冬把他的父母从西坑旁边垟接下来，一家人和乐融融地住在新买的套房里一起享受着天伦之乐。

次年，秋水生了一个儿子。钟海冬的父母高兴坏了，独生子女政策下只能生一个，头胎就生了个孙子。他们也是闲不住的勤快人，帮忙家里带孩子做家务，减轻了秋水和钟海冬的负担，不仅让秋水的月子做得轻松了，也让钟海冬可以全身心地投入到工作中。

儿子一出生，就长得特别清俊干净，黑油油的头发非常清爽，苹果型的脸蛋上的五官就像瓷塑娃娃的一样可爱有型，双眼像黑宝石一样闪闪发光，身上白白净净的，全身皮肤都看不到有任何胎脂沉积。

"别的孩子出生时都长得像个红皮老鼠，叶秋水的孩子却特别干净清爽。"秋水听到接生的医生说。

孩子乖乖地来到这个世间，从头到尾都没有哭过。当阵痛停住后，秋水以为这个孩子会呱呱而啼，但他没有哭，秋水和钟海冬特别着急，担心他是不是被羊水塞住呼吸道了，又担心他是不是得了什么疾病。秋水紧张地叫医生处理了半天，又是吸痰，又是拍足底的，孩子才被心急的钟海冬拍痛了哭出来。

后来才知道，其实孩子是天生不喜欢哭的缘故。当时秋水就猜想，不喜欢哭的他将来一定是一个坚强又有个性的好男孩。

孩子出生后，就被爸爸妈妈爷爷奶奶外公外婆宠着疼着，因为是家中的长孙，大家都把他视为一颗珍贵的珠宝般呵护着。

秋水给儿子取名为钟奕洋，因为长辈说这孩子五行缺水，于是秋水在孩子的百日宴上笑道："爸妈，我把全世界海洋的水都取给你们的孙子和外甥了。"大家都乐了。

其实，秋水给孩子取名为"洋"是有另一层深意的：洋纳百川四海，有容更大。

她希望她的孩子有一个宽广的胸怀，能容世间难容的一切。

秋水的孩子出生后，小灵通开始盛行了，传呼机的时代已经过去了，大哥大也被淘汰了。通信革命的开始，极大地方便了大家的生活，也改变了大家的生活。在大街上，处处可见人人都手持一台小灵通在通话的情景。秋水和钟海冬也都买了小灵通，还给家里的四位老人也每人各买了一个。有了小灵通，大家的生活都方便了，秋水可以经常打电话给远在瑞安的父母汇报工作和生活情况，人与人之间的联系越来越紧密了。

为了尽可能多地给孩子奶水，爱美的秋水把自己吃胖了。她还给孩子唱不同版本的《摇篮曲》，哄他睡觉。随时翻看各类育儿书籍，注意为他添加辅食。随着季节的冷暖，给他细心地增减衣服，衣服的料子呢，则都选择最柔软的棉料。总之，什么样的照顾是最适合孩子的，她和钟海冬以及长辈们就怎样照顾他。

刚巧那时的九月份是钟海冬工作最繁忙的时候，他每天都要去学校教书，早上还要去帮忙买菜做早餐，中午和晚上放学回来，他会帮忙照顾秋水和孩子以及家里家外的事情。奶奶则杀鸡杀鸭做饭菜招待客人等，也是忙得不亦乐乎。孩子的到来，带给大家太多的惊喜，也带来了一些忧虑。

有时候要带孩子上医院。孩子生病的时候哭得可凶了。夜里的啼哭声如夜猫子在叫，响得整条体育场路可闻，真真吓人。秋水整夜整夜地抱着孩子陪他痛哭，钟海冬则在一旁干着急，那个心急心焦啊，真是无法用言辞形容。

记得有一次，奕洋生病到后来连饭菜都不愿意吃了，最后连他最喜欢的牛奶都不想喝了，吓得秋水和钟海冬带他去看名中医，可是依然不见效。他们夫妻俩并没有放弃，一直在努力为孩子奔波着看西医等各种最好的治疗。

还好，苍天厚人，秋水他们一家子人还是挺过来了。

直到儿子钟奕洋三岁半上文成县中心幼儿园了，他才不怎么生病。上幼儿园的他，生活自理能力相对其他孩子差了很多，可是整日笑眯眯的他却非常讨人喜欢。

他很调皮，也非常可爱。

上音乐课的时候，别的孩子都规规矩矩地跟着老师的钢琴声在唱歌，唯独只有奕洋在课堂上蹿来蹿去，一会儿帮老师弹钢琴，一会儿又把篮子里的积木倒出来，将篮子当帽子一一戴在每个同学的头上。可是他的脸上一直挂着可爱的笑容，老师不忍心责备他，只好由着他。

有时候，他会在上课时大大方方地开门溜出去，跑到外面的操场上玩滑滑梯或过天梯等自由活动。等老师把他抓回时，淘气的他依然笑眯眯地我行我素着，老师们也拿可爱的他没有办法。

午休的时候，奕洋也不闲着。把每个同学的睡铺一一跨过闹过方肯安睡。

一次放学接孩子的时候，幼儿园里人声鼎沸，特别热闹。大门早早就开了，秋水看见奕洋被几个大男孩轮流抱来抱去的，大家似乎都非常喜欢他。园长走过来和秋水说："奕洋妈妈，你的奕洋实在太可爱了！今天来了很多的实习生，大家一致认为他是幼儿园里最可爱的孩子。整个幼儿园就数他最有趣了，这些大哥哥大姐姐都非常喜欢抱他，逗他玩儿。"

这调皮的奕洋呀，就是喜欢人来疯。秋水也拿他没有办法。

2002年，钟皓博大学毕业后保送浙大研究生。读研期间，他也经常来电问候秋水一家人。年节回家，他都会来拜访秋水一家人，会带些玩具给奕洋。

秋水很欣慰，她的学生越来越优秀了，有大好的前程在等着他。她一边工作一边细心地照顾儿子。日子波澜不惊，却也美满，美满中也有些小插曲惊吓到她。

记得有一天晚上，钟海冬在电脑培训中心学计算机。秋水牵着三岁的奕洋的手带他去逛街，正当秋水在试一件看着合眼的衣服时，一旁的奕洋突然不见了！面对着满大街熙熙攘攘的人群，却看不见孩子的影子。秋水那个惊吓呀，真是可以用"魂飞魄散"来形容，那种要失去至亲的恐惧和绝望让秋水差点要晕倒了。后来她打电话给钟海冬哭救时，他却说孩子去找他了。老天！钟海冬只带奕洋去过一次电脑培训中心呀？！还好只是一场惊吓！

孩子调皮又聪明，让人欢喜又让人忧。为人母亲的各种感觉，秋水一一尝遍。

真是不养儿不知父母恩。自从生了儿子以后，秋水也更加孝顺父母了，她每年的节假日都会回家看望父母，父母的生日她和两个弟弟都会变着法儿地过，有时大家会回瑞安帮父母庆生，有时候带父母去游山玩海……

三年的幼儿园生活很快就过去，学前班加六年的小学生活，奕洋快快乐乐地学习，无忧无虑地长大。在小学，他会常常拿些小奖回家，秋水把他的那些获奖证书一一收集珍藏。

　　因为奕洋不仅可爱，还敢说敢做，常常有不同于其他孩子的另类观点。虽然他表面比一般孩子稚气，但每个老师都对他印象深刻。作为奕洋的妈妈，秋水也因此备受各位课任老师的关注，当上了家长委员会的委员，这让秋水感到很骄傲。

　　奕洋进入中学以后，七年级时，他在班级担任数学课代表兼卫生委员。

　　由于他对班级的工作积极肯干，成绩也不错，因此在文成县中小学"五个一百"行为规范示范生评比活动中，奕洋被评为"三好学生"和"诚实守信示范生"。这个"诚实守信示范生"每个班级只评一个，奕洋一进入七年级便得此殊荣，的确难得。

　　接着，因为喜欢唱歌，奕洋在文成实验中学的首届艺术节"十佳歌手"比赛中荣获优秀歌手。

　　奕洋的班主任杨淑珍老师说他综合素质好，对他赞不绝口。

　　秋水为自己的宝贝儿子感到自豪，她也为自己的好学生钟皓博自豪。彼时，优秀的他浙大研究生毕业了，分到了温州大学当上了大学语文老师。

　　"叶老师，我一定要做一个像您一样的好老师，所以我选择了跟您一样的职业。我要像您一样爱自己的学生！"钟皓博来电说。

　　学生钟皓博有如此成就，身为他的老师，秋水也为他感到骄傲。

　　"皓博，你好样的，老师为你感到骄傲！你没有辜负了老师和国家对你的培养！一定要好好做，加油！"秋水鼓励钟皓博。

　　"谢谢老师！今生，您是对我最有恩的老师，学生我没齿难忘！"钟皓博动情地说。

有些付出，是会让人感恩一生，也会让人温暖一生。有些感恩和温暖，会激励人一直不断地前行。

钟皓博在努力工作，秋水也在努力地好好生活和工作，她对宝贝儿子的教育更没有放松。

这些年，秋水在钟海东的带动下，不只是拿些小工资，也做了一些理财。

秋水一家人的小灵通用了没有几年，随着诺基亚手机的流行，他们又把小灵通换成了诺基亚手机。

她早早地就把买房的首付还给了父母，不仅还清了所有的房贷，还买了一辆海马牌的小汽车，家里的自行车和摩托车也搁置一旁不怎么用了。

"秋水，你被升为年级的级长了，办公室文件都出来了。"有一天，陈爱贞眉飞色舞地跑过来告诉秋水。

她比秋水早一年跟钟唯敏结婚，生了一个儿子叫钟子豪，比秋水的儿子钟奕洋大一岁。她也是好事连连，小日子一直过得很滋润。

"谢谢相告哦！"秋水听到这个好消息也很高兴："你不是也升官了吗？彼此彼此啊！"秋水给了她一个大拇指。陈爱贞也升为英语组的组长了，钟唯敏也调到了总务科当副科长了。

"大家都越来越棒了！"秋水感叹地说。

工作上的进步，让大家也对生活有了更多的企盼。

在教育孩子的问题上，秋水也是一直在劳心劳力地努力着。

奕洋八年级开学注册的第一天，由于学校扩建，校园里到处是施工后的乱糟糟。刚好那天，又荣当家长委员会委员的秋水借出书之际，在奕洋学校赠书给各位领导和课任老师。秋水看到他在满头大汗地搬桌椅。

整个早上奕洋都在忙碌着，他依然那么热情助人，别人只搬一张自己用的桌椅，而他却帮其他迟来的同学多搬了很多张。中午回家，秋水看到疲惫的他的手臂上的条条伤痕，心里有说不出的疼惜和欣慰。下午大扫除，他还是那么积极肯干，提了很多桶水，还一直不停手地做着许多同学都偷懒不愿意做的脏活。

晚上回家洗完澡临睡前，奕洋才对秋水说："老妈，有没有云南白药气雾剂，帮我喷喷手，我的两只手都很酸痛。"

秋水当时是含泪帮孩子喷药按摩两只手臂的，他痛得很迟才入睡。

看着孩子熟睡的可爱笑脸，秋水在心里对他说："妈妈的宝贝，在家里，我们都舍不得让你动手做家务，可是你在学校怎么可以这样乖呀？作为你的妈妈，能拥有你这样一个懂事的好孩子，我真的好幸福。妈妈相信，你将来一定会是一个顶天立地的男子汉！"

十四年后，奕洋已经长成为一个八年级的大男孩。他正在慢慢地成就自己，渐渐地有了自己的思想和主见。

秋水不仅会鼓励奕洋看各种课外读物，也会拿20世纪人类最伟大的心灵导师和成功学大师戴尔·卡耐基的书给他看，并鼓励他记住卡耐基的哲学。她常常拿戴尔·卡耐基的话教育他："一个人的成功，只有15％归结于他的专业知识，还有85％归于他如何表达思想、领导他人及唤起他人热情的能力。"

秋水常常教育奕洋要学会感恩，要记得老师的教诲和同学给他的情谊，记得爸爸对他的付出，记得爷爷奶奶对他的照顾……

对于孩子的未来，她不期望他有多成功，但秋水最想看到的是，希望他成为一个有责任心有作为能靠自己的双手创造自己人生的人。

奕洋十四岁生日的时候，秋水和钟海冬为他准备了生日蛋糕，把他的同学和好友都请到家里来帮他庆生。她告诉奕洋："宝贝，妈妈爱你！你是上苍赐给我们的天使！今生今世，只要一息尚存，妈妈会一直这样爱你！宝贝，妈妈还想对你说，善待你生活中的每一个人，不管他的职业是高贵的或是卑微的，都要学会感恩和报答。亲爱的宝贝，妈妈想说的话还有很多很多，虽然妈妈不能陪你走完你的全部人生，但妈妈寄语你的人生快乐、幸福。"

教书、育儿、写作，日子过得安乐祥和，秋水夫妇的日子自然是神仙眷侣般的日子。

秋水的小弟弟叶信毓从温州职业技术学院毕业后分配到了温州市的月兔空调厂工作，后来他又辞职到杭州开办服装工厂，现在已经是温州市叶信毓服装有限公司的老总，他注册的童装品牌"诗筠"生意也很红火。娶了媳妇陈晓莲，生了儿子叶航和女儿叶诗芸。秋水的父母跟小弟弟一家人生活在一起，日子过得和乐美满，尽享天伦。

秋水的大弟弟曾在敖江边防派出所任教导员，工作尽心尽职，因工作突出荣立三等功多次，先后荣获浙江边防总队"十佳执法办案能手""优秀党员"，温州边防支队"优秀警官""十佳执法办案能手""宣传报道先进个人"，嘉奖及县公安局"先进个人"等奖励，特别是他带领平阳县西湾边防派出所官兵荣获平阳县首届"感动平阳十大人物"奖。他和吴思思结婚后生了一个女儿叶熠今，后来因为工作表现优秀，调入温州市边防大队任大队长，退伍后考入温州市人社局。

两个弟弟在努力地创造属于他们自己的人生，小日子过得美满幸福。

钟海冬的弟弟钟晓冬后来到了苍南县城再创业当了汽车教练，买了房，娶了苍南县名牌店的店长陈丽晴，生了个漂亮可爱的儿子钟伊杰。帅气的教练和美丽的店长，一家人的小日子也和和美美。

钟海冬的几个姐姐和姐夫在村里都是善良能干的人，加上这些年国家政策好，做了一些买卖，虽然辛苦点，但家里的小日子也都过得很滋润。

如今，堂妹也在县侨联工作了，堂弟考上公务员在文成县城的工商局工作。叔叔叶茂奕和婶婶退休了，他们一家人在文成县城买了套房，都随儿子和女儿住在县城了。

每个人的日子都越来越好了。秋水看到亲友们通过自己的努力都过上了小康的生活，别提多开心了。

秋水和两个弟弟在节假日经常轮流回家看望父母，父母的生日，就是姐弟三家人的团聚日。现在每个人的家里都有小车，在智能手机的微信群里一呼，大家庭的活动很快就成。傍晚下班或周末，小车一开动，只要半个多小时，一大家子人就能很快从温州各地聚集到瑞安，在提前预订好的酒店包间为父母庆生。每一次父母的生日，秋水都会大包小包地买一大堆东西给父母和三家的孩子们，她包大红包给父母。

在母亲六十岁大寿的那一天，秋水以一首《鹧鸪天·贺母花甲》作为礼物送给老妈：

花甲之年虽等闲，天伦尽享亦甘甜。沧桑不减风华老，磨砺犹增傲骨坚。

枝孕蕾，叶生妍，瑞庭育得子孙贤。今逢盛世同添寿，感报三春慈母艰。

平时父母生病了，他们三姐弟要么轮流到瑞安要么一起到瑞安带他们上医院。现在医保政策好，门诊的药费报销比例也高，大病住院医药费用百分之八十都报销，还有二次报销，生病也不怕看不起病了。

父母常在外人面前夸她们三姐弟，在赡养父母方面，他们三姐弟一直是亲戚口中的典范。

一个四月春天的凌晨四点，秋水梦见高中时的好朋友苏舜娣。思念，让她再无睡意。梦回二十年前，梦回南平。

青少年时期的人和事，很多已经陌生，它们随着时光走远了，当年的小伙伴和同学，或许是相见不识君了。秋水和苏舜娣依然联系着。仿佛还是当时，那些单纯的友谊记忆，似乎已经苍茫遥远，却又可亲可近。

因了当年"反右"的错误，正直又多才多艺的校长爷爷被陷害入狱。为逃避迫害，也为了生计，秋水的父母举家向南逃难，到了福建南平经商。

苏舜娣的爸爸虽是南平某厂食堂的职工，妈妈在医院做事，但她全家人的户口仍在福建泉州。

因此，同在异乡求学。两个少不更事的少女，初中和高中六年级的时光。因为上下桌，因为同样孤单，一个交心的微笑，一种莫名的吸引。于是，两颗童稚的心，便有了互放光芒的交汇，谈天论地，掏心掏肺，形影不离。直至1990年高三毕业，泪别后各奔前程。

后来，她回泉州老家考上师范，成了一个教师。再后来，两人飞信浙闽之间，偶尔电话联系。隔着远山远水，彼此结婚时，因各自忙碌而缺席，仅互通电话互寄红包略表心意。

2006年5月，秋水去南平看过苏舜娣一次，她已经有了老公周平礼。周平礼的家在南平市区，苏舜娣就随他住在市区了。周平礼是承包工程的，他非常爱苏舜娣，看她工作辛苦，竟然让苏舜娣辞去了铁饭碗赋闲在家，秋水虽然为她惋惜，看她二人恩爱甜蜜，日子也过得富裕，着实为她欢喜。

那年别后，久未联络，以前秋水也曾梦见过苏舜娣。昨夜，苏舜娣竟然又出现在秋水的梦中，梦中的情境，与当年在苏舜娣家玩耍时无异，亲切依然，温暖依旧。

秋水记得她们俩一起上学放学的身影，记得苏舜娣爸爸为她做的可口饭菜，记得自己抱着书本常常陪爱臭美的苏舜娣练太极剑的情景。苏舜娣的英语等文科很好，是班级的英语课代表。她是家里的独女，父母事都顺着她。课后的她，喜欢穿着桃红和艳黄的宽大练功绸服舞剑，还说要浪迹江湖拜师学艺。秋水在旁忍俊不禁："一个小小学生妹，还想成为女侠，天方夜谭！"

二十多年，呼啸岁月，改变了太多的东西。不知苏舜娣的近况，秋水心里便忐忐忑忑起来。这一忐忑，便失了眠。

天亮后，找到她的手机号，秋水立马就一个长途打到南平："喂……娣！"

秋水未报家门，电话那头的苏舜娣，立刻孩童般惊呼起来："秋水，怎么是你？！我以为你把我忘了！"秋水换了手机，苏舜娣竟然很快听出是秋水的声音。

"傻，怎么可能忘了你！"热泪在秋水眼眶里打转。原来，学友情，从来都不曾相忘，即使天各一方。

于是，开始煲电话粥。亲爱的时光啊，可真能塑造人。苏舜娣没有成为女侠，也没有成为老师，当年成绩优异的她，如今竟然成了全职太太。她家有一套商品房和一栋楼中楼，她的老公周平礼还在承包工程，夫妻俩依旧恩爱，宝贝女儿已经越长越美，苏舜娣的妈妈现在住在她的家里，一家人的生活简单而和美。独独可叹的是，苏舜娣的爸爸因病去世了。

一个多小时的长聊，自是一番家长里短，国内国外等云云。秋水和苏舜娣也谈对时下国内政事的忧虑，对房价和物价的看法……

后秋水寄了她的书给苏舜娣，知道秋水出书了，苏舜娣非常雀跃地为她高兴，她没有想到老同学已经成为一个作家和诗人了。

后来她们俩加了彼此的QQ畅聊，常来常往。再真挚的世间情感，沧海桑田后，总免不了会有变数。

但是秋水和苏舜娣的友情不变，不变的是彼此的那份挂心，不会随时光流走。

在新中国成立六十五周年的国庆，秋水忙于教学工作，没有时间去南平参加高中同学会，她寄了她的书到南平给老师和同学。她从同学那里得知李春风也没有去参加同学会，他和他的妻儿一切都安好，秋水也就没有联系他了。秋水以一首《高阳台·南平同学会有寄》致贺同学会成功召开：

喜溢山河，秋盈四野，放歌最是当前。同学曾经，闲来忆趣绵绵。青春尽付峥嵘里，笑而今、弹指中年。惹长思，锦瑟经霜，锦瑟升妍。

群英未改儿时貌，叹书生不再，纯粹依然。几梦重逢，浙南闽北相牵。九州内外皆芳草，任凭高、共与骈阗。宏图、万里鹏飞，来日乾乾。

秋水的同学们都在朋友圈转发了她的贺词。秋水成为诗人和作家的消息一时轰动了全校的校友，大家都从百度百科去找她的各种消息，"叶秋水"的词条、博客、微博、美篇和微刊，那段时间几乎每天都刷爆了高中同学的朋友圈，大家也以有秋水这样的诗人和作家同学为傲。

自从参加工作后，温孜娟会时常来文成看秋水。起初是一个人来，后来带了男朋友卢孔越来。卢孔越长得人高马大，是她单位的数学老师，他常陪温孜娟来看秋水。后来，他们俩生了女儿卢荟。近些年，温孜娟也会带一家人来秋水家小住，秋水一家人也是热情款待。但忙碌的秋水却只是偶尔去水头看她，虽然她心里也异常惦记温孜娟。

大学毕业很多年了，秋水与很多老师和同学似乎相忘于江湖了。而与温孜娟，依然亲密，每年都会用电话或短信互祝对方岁月安好。

秋水会常常翻看大学时的旧照，温孜娟灿烂的笑脸频频映入她的眼帘，每一张旧照，都是一道温暖的友情记忆。记得那时彼此给彼此的感动，温暖着那时的彼此。

如今，在智能手机遍地开花的时代，她们两个好友互相加了微信，来往更频繁了。当然，大学同学的经常小聚或开同学会，于秋水而言，这些时光中的友谊同样都很珍贵。

尤其是那些学生时代的友情和温暖的记忆，让秋水感觉到特别珍贵，她认为无论人生是短暂的还是长久的，只有真心的情谊才会长久地被记得。

她感谢这些记得，这些时光中的友谊，让她的人生多彩又丰富。她喜欢这时光里的旧友旧事，滚滚红尘，人言人缘，物语物缘，缘来缘去缘自在。

第十章　文坛逸事

　　这些年，在尽心工作和生活之余，秋水加入了中国作协和省市县的各级作协，也加入了中华诗词学会和省市县的各级诗会，还加入了本地的书画院，获得了中华赞诗词歌赋创作的一、二、三等奖和文艺创作精品奖以及其他几十个大大小小的奖项，作品散见于全国各地的各级文学刊物、网刊和微刊，除了在大学期间出版的一本《秋水吟》，参加工作后还出版了诗集《时光的花朵》和《光阴之外》、诗词集《秋水赋》、散文集《美心丽情》和小说《小康之家》以及其他的诗词研究类专著，她帮文成县的诗人们登记注册了文成县诗词楹联学会，义务帮文成文化界主编了《双桂诗集》等多部诗词楹联集，并长期深入各个学校义务做青少年诗教，在文成的文坛和诗坛，她也义务付出了很多很多。

　　秋水的几本书出版后，被许多喜爱她的文友、诗友和读者津津乐道，很多不知名的朋友还时不时地通过她的朋友们向她索要，还有很多读者给她美评，这些于她，都是一种真诚的安慰，更是一种肯定和鼓励。因此，她很感激读者们给她的热情，她把这些感动放在心里，并且鼓励自己继续写作。

　　秋水的书在出版发行的最初，就得到天昊文化公司的很多帮助及公司老板雷前进老师的鼓励，雷老师还为她的书写了多首诗相赠，给了她很多的肯定。他把秋水放在杭州的样书赠送给喜欢她的书的朋友们，还将她的书讯一一发布在他公司主办的国家级刊物《求是》上。

秋水几本书的出版，得到文成县文联和作协领导的大力支持，县政府县委给了她五千元的创作基金。

作协主席富见忘每一次秋水出书都为她召开了新书发布会。新书发布会上，每个文友都发表了热情洋溢的评讲，文友们的热情，感动得秋水热泪盈眶，秋水感谢大家对她的书的理解和诠释。

富见忘主席人虽然年轻，但是在文成文学界，大家都非常佩服他的才学和为人。他著有多本文学专著，他针对时弊幽默中庸的每周述评在文学界的呼声很高。不说他出过的书，不说他的才情，就说他这些年来在文学上对每个作协成员不断的鼓励和扶持，也一直让秋水有感于心。

富见忘主席每一次都会将文友们给秋水的各本新书书评在《今日文成》报纸上刊登一个大版面。后文联的《山风》文学季刊也相继登出了各位文友给她的书评。

最让秋水感动的是黑白是非分明、正直的徐世怀老师，他从专业书评的角度写了一篇《叶秋水诗情的独特魅力》，全文洋洋洒洒 4362 字，将她的诗集做了全面的评论。为了赶书评，每每写至凌晨两三点。修修改改几易其稿。若不是当初秋水的低调以诗自序，他的这篇书评是最好的前序。至今秋水还保留着他最后定稿的复印件，它可以让她常常真切地看到这份感动的温暖。

后来，秋水的书又收到国家图书馆和各地图书馆的收藏证书，县图书馆和档案馆每次收到秋水的赠书，都会给她肯定和谢言。

经朋友提议，把秋水的诗集放在新华书店，给更多的读者朋友分享。新华书店的工作人员陈晓西告诉秋水，很多读者都很喜欢秋水的书，秋水就告诉她让新华书店免费相赠给读者。她还告诉秋水，看她的书的读者很多，有些还一看就大半天不舍得离开。陈晓西还向秋水给她一个出国的朋友要了一本她的签名的诗集，说她的朋友喜欢秋水的诗集，想带一本到国外去，秋水当然乐意了。秋水对新华书店的朋友说，只要有人喜欢她的诗集，可以随时免费拿去，过后她再补足册数，确实她一直是这样做的，由于当初给新华书店的总册数是 100 册，所以至今送送补补，新华书店书架上秋水的书的册数一直是更新过后的 100 册。

有一天，杭州诗友李若虚老师看了秋水的《时光的花朵》后，通过天昊公司辗转知道了秋水的手机号，特意用手机给她发来两首七绝诗的读后短信。

秋水所在的文成诗词学会的老师们也非常给力，赵一方会长等各位诗会领导和诗友都给了她很多的帮助，每次出新书，各位领导和诗友都会热情地用诗文给予她的诗以很高的赞誉。

县文联《山风》的编辑也写诗给秋水，祝贺她的书出版。秋水的儿子钟奕洋学校的领导和课任老师们都给予秋水很多的肯定，还有同事们真诚的溢美之词，亲友们深切的勉励，家人对她在文学上的支持、理解和包容等等。这些因出书而带来的珍贵的情谊，秋水只能一一感动在心，一一铭记在心了。

当然，来自出书的感动远远不止这些。好多亲友要为秋水赞助，她都一一婉拒了。自她踏上文学之路后，她的每一天都是在感动中度过的，她享受着生命赐予她的温暖。

在感动中工作和生活，路旁开满的都是鲜花，秋水珍爱每朵花给予的色彩和芬芳，珍爱每朵花给予的无私情意。

秋水希望自己能够沿着花香和文学之路一直前行，将个人生命的芳香回报给身边每一个人，并传递给更远的远方。

业余时间，秋水参加的文学活动也很多。

"秋水，文代会开始了！你把你的书带过来分给大家，早点过来参加活动。"一个夏日的傍晚，作协的秘书长郑穗珍打来电话。

"好的，一定准时到！"

文成是一个充满诗情画意的地方，放眼其灵山秀水，只见处处水木清华，满目流光溢彩。在这样的时节召开文联代表大会，自然人的热情也如火。

华灯初上的时刻，来自文成县的艺术联合会一百余位文友在县阳光假日大酒店四楼汇聚，人不算多，十来个大圆桌，但在当天的阳光，这十来桌绝对是一道奇特的风景。

那天晚会刚开始，秋水就把她的书赠送给所有参加活动的文友们，得到了大家的一致好评。

晚会上，文友们隔着桌桌丰盛的菜肴，大家都没有距离，没有拘束，没有隔膜。这些新朋旧友，都是文艺界的精英，虽来自文成各地，但非常地亲切融洽，尤其是作协的文友们，"文成文艺温馨家园"（作协 QQ 群）早已让大家彼此之间不陌生了。晚会的美女主持毛来来和帅哥主持苏海愉，作为掌控晚会全局的主持人，他们俩轻松的开场白，让整个晚会以轻松快乐打头，将晚会中每个人的快乐点燃。

秋水做剧务的作协的小品《非钱勿扰》演出非常成功，剧本编剧是县府办的大才子周玉胜所作，剧本写得非常诙谐有趣，演出效果也出乎意料。节目在演的过程中，观众就一直不停地爆笑和鼓掌，节目结束后全作协的人异常开心，大家热热闹闹地碰杯庆贺演出成功。其他协会的人也过来凑合，那场面别提有多感人了。由于秋水不想上台演周玉胜给她定的主演的角色，她就主动请缨做剧务了，提供排练场所，准备台词资料，做道具，买道具，挑选服装、饰品，负责十个演员的整体装扮等等，她虽然小忙了一周，但她觉得她没有大家排练得那么累，从开始排练到晚会结束，大家一直都没少给秋水溢美之词，真真让她感动了。

那天，南方的云吹来阵阵舒心快乐的风，各个协会的节目表演都让人沉醉，精致可口的美味佳肴让人舒心惬意。那天，举起的酒杯一次次碰响，文友间的和谐友情温馨宜人，闪烁的相机一次次地闪光，光与影定格了每个人的笑脸。那天，自娱自乐的文联文艺晚会，是秋水有生以来参加过的最亲切开心且和谐融洽的一次，她感受到了文友们的快乐。

因为那天大家都融入那种快乐和谐的氛围中，将精神食粮食满腹，而将眼前的美味佳肴抛之脑后了，直到晚会结束，每张宴桌上都还留了一大桌的菜。郑穗珍秘书长说得没错，大家只记得欣赏节目而忘了吃了。

是的，那天秋水和大家的快乐是真实的。

相聚，秋水没来得及记住每个人的名字，可她相信自己记住了每一张笑脸。告别"7·15"后，她相信大家的记忆都是快乐的。

当天晚会上，秋水还得到了书法协会叶闻华老师一幅非常珍贵的书法作品——他山之石可以攻玉。当主持人问谁可以读得出那幅行楷的文字作品就归谁时，秋水就大声地读出来并很快走到台上抢了过来，整个晚会就这一幅在现场写的珍贵书法作品，秋水的热情感染了大家，被她抢到却无人异议。

叶闻华老师的书法作品常在国家级以上的比赛中得奖，秋水能收藏到他珍贵的书法作品感觉到自己很荣幸。

会后，秋水把它拿去装裱一新，将之挂在学校的图书馆里。

文学圈的活动是很多的，各种采风活动层出不穷，秋水有空也尽量积极参加。

有一次，她和作协的文友们赴平阳的西湾海边采风。

于夏日七月的周末早上，在作协主席富见忘的带队下，他们出发，自文成县城起程，前往平阳的西湾海边纵情玩海。正是多云好天气，水墨通山，一路青山秀水。车刚出平阳与文成交界的山洞，就下起了细雨，沿途如烟染般的氤氲，深得江南山水之神韵，唯一少了七月明艳的阳光，颇有美中不足的遗憾。但想着美景在后，海味在前，或许雨中玩海会另有一番雨趣，秋水和大家的心里倒也释然了。

车行约半小时，途经平阳的怀溪，先解决午饭问题。午餐是秋水安排的，午餐的主食是名噪温州一带的怀溪番鸭。大家吃毕午饭，立马又向海而行。

据知情人士介绍，西湾早已声名远播，是温州附近人们"玩海"的新去处。它距平阳县城昆阳 10.5 公里、温州 57.5 公里。西湾是泥质沙滩，湾多、滩广、洞幽、礁岩密是其特色。许许多多的岩礁组成了一座座巧夺天工的"假山"盆景，我国的所有名山秀峰，几乎都可以在此找到它的浓缩版。而每每落潮之时，西湾的海滩前是一望无垠的海涂，背后礁岩分布，是观潮、捉小海的好去处。海边附近，有众多的深潭幽谷，极其罕见。据悉，西湾海涂面积有近八万多亩，在海涂上拖板、涂上飞等，都是富有渔家特色的游览活动。

文人就是文人，三句话不离文学。一路上以对对子为乐，或雅或俗、叽叽喳喳、嘻嘻哈哈，笑声不断，外向的人淋漓尽致地畅谈，内向的则偷着乐。秋水感叹，这可是一群精神贵族，这就是放松，这就是采风的快乐！文人与开心相约，有种特别的感染力。

从怀溪行来约一小时余，将近西湾，冷不丁，红嘴白羽细长脚的海鸟撞入了秋水的眼帘，它们有的在海边的绿色洼地里悠闲地觅食，有的在轻松地漫步，有的在优雅地低飞，它们让见惯了山间小鸟的秋水和文友们的眼前一亮，大家都惊呼起来。随后，空气越来越清新怡人，视野越来越开阔，他们知道，他们越来越接近大海的怀抱了。当中巴车开到公路的尽头，突然，眼前就出现了好大一片海！近处宽阔的海滩与远处宽广的海面，和广博的天空构成了一幅淡雅、清远、层次分明的巨型水墨画，有三三两两别具特色的绿色帐篷点缀其中，据说那是海边海鲜美食大排档。久居闹市的秋水见到了海，就像脱胎换骨似的，有一种久违了的心的悸动。深吸一口清新的海风，身心，立刻轻松舒畅。

秋水听来过西湾的文友说，夏天来到西湾，可以赏海景、品海月、听海潮、吹海风，可以玩滩涂、戏海水、捉海蟹、尝海鲜，其乐融融。不想，一路行来，时晴时雨，惹人堪忧。

这次秋水一行到了西湾，与雨不期而遇，但大家依然玩兴盎然。或雨中游泳或海边玩滩涂，或摄影或赏景，痴迷于大海接天的空灵，痴迷于海风吟海的情调，痴迷于海浪逐沙滩的乐趣，秋水和文友们个个淋成落汤鸡一般，但依然不亦乐乎。而雨中的西湾，的确是一幅意蕴无限的水墨画，本就有如水墨晕染，轻纱薄雾的烟雨中，朦胧，迷幻，散发出更浓烈的水墨气息，且不说是烟锁西湾，还是飘雾笼海，都幻化出雨中仙境的缥缈与神秘。

傍晚，秋水与作协文友以及西湾的武警官兵们联欢。大家置身于别具海岛特色的海鲜美食大排档的帐篷，而这个帐篷就搭在大海的中央。联欢的过程中，秋水没有让手中的相机闲着。身处海中帐篷，极目远眺，只见烟波浩渺，海天一色。望远处海滩深处，树影婆娑，奇石林立，偶有一二渔船停留其上，更是装饰了海滩的风景。黄色的海面层层海浪追逐而来，却不料叠转而来的海浪竟如黄白相间的玛瑙般夺目。"须臾却入海门去，卷起沙堆似雪堆。"虽然，这西湾之潮来势没有刘禹锡《浪淘沙》中描述的钱塘潮般壮观，而此诗句倒也暗合了这一景象。而这潮声，分明是潘阆《酒泉子·长忆观潮》"来疑沧海尽成空，万面鼓声中"里的感叹。秋水和文友们叹海韵魅影美不胜收，叹自己贫瘠的想象，不能将大海的美尽收眼底。

参加采风的还有专业摄影艺术家，也有业余摄影爱好者，行摄海陆，无论摄景还是拍人，大家都很惬意。神秘的海岛摇曳着烂漫的梦幻，在海洋如梦的情调里，梦如诗，幻如画，诗情画意装点着如海的情结。

银辉处处，海风阵阵，海浪滚滚，海潮声声，伴随着浅吟低唱的海韵，秋水和大家在海鲜排档中一边吃着海鲜一边赏海，悠然自得。是啊，在如此景致中大快朵颐，岂不是尽享了人间奢华，赛过了海上的仙人？

走进西湾，游过了西湾，见识了西湾的万千景象，欣赏了西湾的迷离夜色，看过了千姿百态的海浪，听过了如交响乐般的潮声，明白了快乐所在。那来时的期待，那雨中的海韵，都沉醉在西湾的记忆里，沉醉在西湾那一海的诗情画意里。

归途中，风趣幽默的文友讲起了恐怖的聊斋故事。个个恐怖的鬼故事，促进了文友间的友情更温馨融洽。这些生命里留白的采风印迹，经年，将永久留在秋水的心中。

秋水参加的作协采风活动，不仅玩海，还游山。

绿瘦绿尚余，黄飘黄秀秋。阳暖风轻，秋高气爽，怎能辜负这秋的馈赠？于是，秋日某周末，在作协主席富见忘的带领下，秋水和文友们从县城出发，自驾相约东郊的岩庵秋游并午炊。

秋水欣喜秋日的出游。出县城后，渐渐远离了小城的喧嚣，渐渐接近了大自然秋天的气息。遥望岩庵，只见几座红顶楼阁悬挂于半山腰，与庵旁古道的古枫群及其所在的逶迤石岭，构成了一幅具中国传统韵味的彩色水墨画，令人叫绝。

秋水和文友们放飞轻松休闲的心，与山唱情，与水同歌，与风携伴，将所有的开怀，寄存于山水之间。一路上步步是景，处处是画。群峦叠翠，溪瀑成群，空气清新，犹如进入了天然的大氧吧，令人赏心悦目又清心涤肺。沿文青公路自玉壶方向驾车东行约十分钟后，到达岩庵脚，大家各自停好车，然后徒步向庵而行。

日照清山水鸣涧，秋光有意人有情。大家零距离置身于青山绿水间，看秋阳照林，听溪涧潺潺，闻鸟语花香，赏古道古枫。秋水信步走着，她随手打开MP4，顿有《高山流水》的空灵古筝曲，一声声于岭间袅袅绕耳，与古道古枫相映成韵，如入诗画意境，惹人吟咏。

大家谈笑间，很快就到达目的地岩庵了。岩庵为千年古庵，相传始建于初唐，因其大雄宝殿建于巉岩峭壁而得名，又因其位于县城东部云峰山中，终年白云缭绕，故又名白云庵，可称得上是"浙南悬空寺"。因岩庵是本地著名宗教圣地，有大雄宝殿、弥勒殿、地藏殿、真君殿、三官殿、观音阁、灵霄殿、娘娘宫、华光殿和仙人桥、廊桥、钟楼、怡然亭、青云亭、岩背亭、青云梯等名胜古迹；四周有双石烛、晴雨瀑、滴水岩、龙嘴岩、透天洞、迎客僧等自然佳景。有古谣云："高空岩洞一佛亭，半边落雨半边晴，温州五县寻勿到，只有岩庵出名胜。"

岩庵又有其独特的岩庵文化，文成县诗词学会诗人王绍基编著有《白云庵诗集》。庵中有诗词 227 首，楹联 90 对，大雄宝殿等佛殿神宫简介 11 篇，玉皇大帝、八仙等神明简介 21 篇。传说唐仙吕洞宾曾仙游于此，并题一诗："山中楼阁倚云端，极目烟霞万里看。法鼓应雷通世界，禅灯映月照蒲团。风吹洞草三春暖，水溅岩花六月寒。唯有紫微星一点，夜深长挂石栏杆。"明朝瑞安县令李仙箕、清朝道光进士孙锵鸣和现代书法家苏渊雷等百余古今名人，都留有诗句名联于庵中各个景点中。就是在今天，岩庵的名胜古迹及人文气息也仍然吸引着无数的善男信女和骚人墨客。

不一会儿，作协的几路人马陆续汇集岩庵。大家在庵边找了个仿古灶台后，就如八仙过海般各展身手忙开了。生火、刷锅、掌厨、打下手以及做饺子馅等各有能人，插不上手的人也帮倒忙的帮倒忙，玩乐的玩乐。秋水呢，则负责放音乐和拍照。好一派热闹的野炊场景！

所谓吃喝玩乐，这"吃"也算得上是秋游中的一大乐事了。午餐的主食是饺子，而这包饺子的过程，自然是最其乐融融的。他们拿出自带的饺皮，和着高手做的"爱心饺子馅"，就花样百出地包上饺子了，大家一边包一边笑论着哪个饺子"好看"，哪个饺子"有趣"，再看个个已经成型的饺子，都像模像样，自成专业特色，有花形的，圆形的，半圆形的，馄饨形的，小笼包形的，大饼形的，烧卖形的……由于作协的文友中有来自北方的，于是乎江南江北的各路中国饺子都一一闪亮登场，如同在开饺子展览会。人多力量大，不一会儿工夫就大功告成了，大家将饺子盛进大盘，置入大铁锅中用大火清蒸。

当看到晶莹剔透、热气腾腾的饺子蒸熟出锅上桌时，大家禁不住发出一阵阵惊喜、一声声欢呼，所有的筷子都一哄而上，你抢一个，我夺一个。虽然被烫得龇牙咧嘴，但大家还是边吃边赞不绝口，很快就如风卷残云般地将一盘盘饺子一一扫空。当然，午餐中的山珍海味、水果饮料也一一俱全。家常豆腐，味浓汤稠，营养丰富；炒乌贼与红烧螃蟹，鲜美可口，色香俱全；红烧猪蹄，油而不腻，香气扑鼻；番薯汤，甘爽清甜，回味无穷……

在岩庵集体野炊，作家们尝到了自烧的地道农家菜，每道菜不仅有纯朴的农家味道，还有大家的爱心和情感渗透其中，每一个人都展尽了厨技，过足了嘴瘾。

秋水和大家在品尝美味的同时，自然也不忘欣赏美景。在庵中放眼远眺，一片片生态绿海尽展眼前，美不胜收。此时身若在天界，遥望盘旋迂回的文青公路，似玉带在群山中盘绕，县城全景及周边美景，尽收眼底。

游的是山水，吃的是气氛，玩的是心情，一颗颗轻松快乐的心，是文友间协作的浓情。向美丽神秘的岩庵道别时，秋水还真有点依依不舍。归途中，大家相约下一次再游。

文成作协的采风，遍及全县的山山水水，百丈漈、刘基故里、铜铃山、猴王谷、月老山、安福寺、刘基庙（墓）、飞云湖、朱阳九峰、龙麒源、九溪欢乐谷、仙人居、山一角、梧溪古村、畲村让川以及大会岭、松龙岭、龙川岭等各红枫古道，主打生态旅游的文成县处处是景，景点数不胜数。

文成是天下福地，山水清秀。文成的绿水，幽藏深山，是纯清的，也是有灵性的。有灵性，就有魂，有魂的地方自然有胜境，文成亦然，处处有绿水，处处有胜境。刘基描写故乡的《九叹九首之九》诗中"流潦落兮水泉清"就可见一斑。在文成，只要有流动的水，就有清秀的风景。

"铜铃壶穴，华夏一绝"的美名早已传遍华夏的五湖四海，那一埕埕壶穴秀水，如无瑕剔透的蓝玉一般绝美。秋水有词中有一句"云海瑶乡。仙境里、翩翩不必妆"来描绘铜铃山的水之美，那"瑶"就是用玉来形容铜铃山的潭和水之绿的。铜铃壶穴处还有一个关于水中龙女冲开十二龙门的仙说，更是把铜铃山描绘得神秘莫测。还有那铜铃山的小九寨，也不逊于四川九寨沟的风情，四季变换多姿的水光山色，可谓精彩纷呈。

有如天开画屏的龙麒源，走在全国最长的飞翠湖上的铁索桥里，赏集绿飞翠，处处是景，让游人有如在大型绿画中游的感觉。龙麒源里的绿潭金壁和溪滩，颜色多彩，形状多姿，清可见底，游鱼可数，千变万化，美不胜收。龙麒源是畲族风情寨，在这里，游客还可以听导游讲畲族始祖龙麒和盘、蓝、雷畲族三姓由来的传说。远望龙麒源，真是应了"水是眼波横"的盈盈诗笔，是绝对的桃源仙境。

当然，文成如诗的绿水还有秀丽的青山陪衬，自然也有其特别的诗情画意。山是文成的另一道亮丽画图。如今，文成的绿水青山带给诗人们灵性的诗情，每一处有水的地方几乎都有文成山水诗词的存在，《美丽文成》《诗意文成》《文成诗词》《当代文成诗词集成》等作品里描绘文成美丽山水的诗篇层出不穷，在《文成山水诗词集》里更是网罗了文成各地的山水诗词佳作，县城的泗溪河、月老山的爱情海、峡谷景廊的绿瀑秀潭、猴王谷的清流丽潭、朱阳九峰的流瀑幽潭、仙人谷的潭瀑奇观等等，不胜枚举。文成的山水相映，山水相依，入诗入画，构成了真正的文成之魂。

绿绝了的文成之水，不仅孕育了明代开国元勋刘基，还蕴育了报坛泰斗赵超构这样的人杰，更是孕育了千千万万勤劳智慧的文成人。

文成的绿水，还孕育了漫山遍野的山珍美味，野生山蕨、番薯粉丝、各种食用菇类、珊溪水库的包头鱼等应有尽有，文成的山珍公司更是遍地开花。

文成每年用上亿的资金守住了这绿水，花重金保护水源，忍痛关掉了大大小小的养猪场等金字招牌，不让开轻、重工业等会致污染的企业等等。绿色的文成，如今是浙江省有名的生态旅游文化县，每到节假日，游人如织，车水马龙。平时，也是游客不断。

绿色惊魂的文成，以绿水为美，以绿山为绝，以绿县为傲。文成绿得饱满，早已绿成了自己独特的模样。

而秋水和文成的文友和诗友们也是将散文和诗词写遍了文成的山山水水。

文成作协的采风活动层出不穷，各种联谊活动也是五花八门。

在一个飘雪的圣诞前夕，秋水有幸和文成的作家们赴温州市的永嘉县参加了为期两天的两县作家联谊笔会，见识了永嘉美丽的山水田园风光。他们游览了芙蓉古村、红十三军旧址以及岩头村的丽水古街，还有如若世外桃源般有着青山绿瀑的崖下库、被誉为"天下第十二福地"的陶公洞等。

秋水早早就听说了古香古色有着清丽山水的永嘉，是一个神奇的地方，她以灿烂的古文化和旖旎的山水田园风情美誉海内外。

去永嘉的路上，江南的天空飘落了第一场期盼了几个冬季的雪，就那样悄无声息的美，就那样不期而至的惊喜，纷纷扬扬落入了眼眸，飘飘洒洒缀满了每个人的心底。身坐在大巴里，看雪飘落朦朦胧胧，朦朦胧胧覆盖了冬季里的郁郁深沉，望天地一体，共舞银色的绚丽，秋水竟然忽略了此行的目的是和文成的文友们一起赴永嘉开笔会。赏雪，变成了主题。

由于大雪封高速，沿途只得绕了一个大弯弯而改走小路。虽早上八点出发，本两小时余的车程，再加上雪天路滑，却超过十二点才到永嘉县城上塘。但一路上赏赏雪景，看看大片，听听歌，他们也不觉寂廖，相反因了这场雪而异常开心。

是的，这次笔会，永嘉、文成两县的文联骨干们早已精心策划，而永嘉那边的文友们也早已做好了热情迎接的准备。前方有了牵引，大家把即将相聚的欢欣，堆积得满心满怀。这次是永嘉、文成两县作家联谊笔会，有别历届，特别值得期待。

中午十二点，秋水一行落座在上塘接风的酒宴上，得知至情至性的永嘉地主们早已做好了两天笔会周密的安排，新朋老友，相聚在永嘉这方美丽的热土，暖暖的友情在大家的心里游走，永嘉特色的美酒佳肴，更兼永嘉的明山丽水，不饮不游，早已深深沉醉，作家们将无以言表的感动，寄存于心里。

于席间，从陈思义老师的书中和永嘉文友们的口中更多地了解了永嘉，文成的文友们无不为永嘉这快神奇的土地惊叹。

据悉，汉代惠帝三年，在此建立了东瓯国，定都在永嘉境内；隋文帝开皇九年，在此设立了永嘉郡，距今已有1400余年的历史；从唐初至清末，永嘉共考取进士700余人，在清代曾有15位永嘉人同时在朝廷为官；在永嘉的历史上，书法大家王羲之与山水诗鼻祖谢灵运都曾任永嘉太守；南宋诗坛上，有四位桀骜不驯的永嘉才子，笔墨传奇，崛起了一个新的诗派——"永嘉四灵"；哲学史上，有独树一帜主张"事功学说"以叶适为代表的永嘉学派等等。

永嘉特色的人文和历史，只轻轻一浅酌，就令文成的作家们深深沉醉了。

秋水一行吃过了可心可口的午饭，雪已经下停，大家相约去欣赏欣赏永嘉县城上塘的风光。

好大的一个集永嘉的政治、经济、文化中心于一体的上塘呵！乍看之下，竟有几个文成的县城大岢那么大，很难用主观评判。繁华的现代街道，一间挨着一间的商铺店面，每个城市的商业格局总是惊人的相像，且不说相像之处，就说县城入口处那条 300 多米长的画廊吧，它是上塘最吸引人眼球的独特风景，尽展楠溪江沿岸入诗入画的美丽风光。

除了逛逛街，也应该对得起这场为作家们而下的大雪呀，早上在车上玩不到雪，大家的心里都痒痒着呢。花坛植被上、停靠在路边的车顶上，到处都堆积着厚厚的雪，大家沿路开心地打打雪仗，拍拍雪景，逗逗路边或车顶上各型各色的雪人……

就这样沉醉在上塘是非常快乐的，因为这样沉醉着，一直是一种放松和休闲的状态，秋水和大家享受着玩雪的乐趣，流连在永嘉先哲先贤们曾经留下过足迹的土地上，就那样自觉不自觉地融入了永嘉。

前方还有丽景，不能再漫无边际地在上塘沉醉了。之后，两县的作家及文学爱好者汇合，驱车前往楠溪江中游西岸的芙蓉古村参观。

经过大雪覆盖的楠溪江畔，沿途步步可见胜景。不愧有"水秀、岩奇、瀑多、村古、滩林美"的美称。车行至绿嶂山，永嘉的文友向我们介绍了谢灵运曾出游畋于此，留有《登永嘉绿嶂山》这一千古山水名诗。

不来永嘉不知道，一来吓一跳，楠溪江畔的美景真是美得惊人，也多得惊人！据悉，楠溪江畔有楠溪江岩头中心景区、大若岩景区、石栀岩景区、北坑景区、水岩景区、陡门景区、四海山景区等七大景区 800 多处景点。

在永嘉县作协的李晓路主席的带领下，一到达芙蓉古村，作家们就细细地找寻每一处浸透千年沧桑的遗迹。幽深的古祠大院与圣旨牌匾，古朴的青砖古巷和如意长弄，古老的芙蓉池及芙蓉亭，别具一格的菜籽油作坊，曾经书香氤氲的芙蓉书院，远古的客栈和商铺，与绿树相映成景的古舍，房前屋后的涓涓清流等等，越过时间的坎，每一物景都成了大家眼中的新奇；每一个独特的细节，都令人心激动；每一步行走，似乎都有一个远古的故事与他们悄然握手。

芙蓉村因村西南朝向有三巨崖石摩天，红白相映，宛如芙蓉花开，此后该村即以"芙蓉"为村名。芙蓉村不是一个荒废的古村，是依然活着的古村，现代 443 户农家仍与之和谐相依。宋太平兴国年间（976—983），他们的祖先瑞安长桥的陈拱经过这里时因见此土肥地美、水丰草茂，就迁来定居。南宋末年因抵抗元兵，曾遭焚毁，直至 1341 年重建。后虽几经风雨，芙蓉村依然保持着六百多年前的村落面貌，全村略呈正方形，坐西朝东，整个村子按"七星八斗"的格局设计建造，以寄望后人如天上的星斗一般人才辈出。村子四周有一长 2000 余米高 2 米的卵石寨墙，村中黑白基调的马头墙随处可见，飞檐翘角，古韵盎然，是一幅幅流动的画，在周围繁华的现代文明的映衬下，特别富有古典的雅致。古朴的芙蓉古村和不远处的芙蓉峰，形成了其特色的田园山水风光，传递了人与自然的无限默契。

"朝为田舍郎，暮登天子堂"造就了楠溪江流域亦耕亦读的耕读文化，致使芙蓉村也因此文风鼎盛，"家重师儒，人尚礼教，弦诵之声，遍于闾里"就是永嘉志里对芙蓉村浓厚的文化气息的肯定。据《芙蓉陈氏宗谱》记载，族人中考中进士、举人、生员的有 34 名，历代在京任职的有 18 人，世称"十八金带"。

时光，总是无情地在流逝，它悄无声息地模糊了芙蓉村当年怎样的丽颜，变换了芙蓉村多少的美，都已不得而知，但逝者如斯夫，在二十世纪的年末，秋水与作家们如此近距离地与宋代流传至今的芙蓉村古迹对视，似乎偷窥了光阴的容颜，似乎那时的芙蓉村山水笑靥如诗，似乎那时的芙蓉村鸟语花香若歌。

但流逝也不全是沧桑，流逝，历经时间愈久愈弥足珍贵。今日的时光，昔时的物景，斗转星不移，时空在此交错。

关于芙蓉古村，作家们只限于当时的道听途说。

秋水想：就这样也好，没有太多的念想，如雪飘落，我可以在千年的时光中眷恋。

芙蓉古村，令她难忘。

永嘉联谊采风的第二个令秋水难忘的地方是永嘉的红十三军旧址。

放眼白雪覆盖下闻名中外的中国工农红军第十三军旧址，它在银装素裹的掩映下，尽显大气沧桑。旧址前面的广场上，跨步向前拿着各种武器的红军将士们的石像，庄严豪迈，似乎告诉人们胜利的曙光就在前方。

广场左侧的后山上，矗立着高高的纪念碑，碑刻着这片红色的土地名垂青史的不朽功绩。据史料载，中国工农红军第十三军是于 1930 年 5 月建立的，下辖三个团，共有 6000 人左右，经历大小战斗一百余次，曾攻克丽水、平阳、缙云县城等地，沉重地打击了国民党反动派的统治。十三军所到之处，宣传十大政纲，开展土地革命，建立红色政权，教育和发动人民群众，有力地配合了全国的土地革命战争，并为后来红军挺进师的活动和浙南游击根据地的建立以及党组织的进一步发展，奠定了坚实的基础。

烟云流散，岁月变迁，而旧址依旧。走过广场，走近那幢依然昂首挺立的红十三军军部旧址，并不是雄伟的建筑，不过是坐落于永嘉县五尺乡五下村隔岸降山头东麓胡氏四房的合院式木结构宗祠，但却有着厚重光辉的历史，令人心潮激荡。

跨进旧址，宗祠正中的中国工农红军第十三军军旗非常显眼，虽然弹痕斑斑，右上角也已残缺不全，但依然红艳。军旗图案底色是红色的，中间是一个白色的五角星，白色五角星里的镰刀、斧头的柄皆向下，二者锋刃相对，镰刀在右斧头居左，镰刀和斧头是黑色的，旗面靠旗杆侧的白布上写着"中国工农红军第十三军"的字样。军旗寓意工农革命军是中国共产党领导下的工农武装。望着这静默的军旗，他们依然能感受到当年战争的金戈铁马，依然能感受到猎猎军旗下那一幕幕悲壮的战争画面。

右侧政治部主任陈文杰的卧室旧貌和锈迹斑斑的各式兵器早已沧桑沉积，这一切都说明土地革命战争，已悄然褪色成将近一个世纪的记忆。

秋水一行在纪念馆里观看了别出心裁的红十三军战斗历程光盘，观看了馆墙四周张贴的关于红十三军的大量珍贵的历史资料和图片，观看了红十三军战士当年更多的遗物和武器装备，历历在目了那一段悲壮与辉煌的伟大战争画面，让他们惊心动魄地领略了红十三军革命战争的全过程。

秋水和作家们感受到永嘉也是一方红色的热土，中国工农红军第十三军军部旧址，便是这方热土最深刻的记忆。

另一处令联谊的作家们和秋水惊艳难忘的地方是永嘉岩头

古村的丽水古街。

他们一行人临进岩头古村，远远看见清丽整洁的古村东面古朴的水车、红灯笼和人工河，大家便加快脚步惊呼起来。

稍再往前行，便有了惊艳的感觉。耳边文友们的叫美之声和按相机的快门声，更是不绝于耳。原来令人惊艳的来源，就是岩头古村最美的丽水街。

眼前的丽水街景致，想象之中的古朴，意料之外的精致。它较乌镇小巧清丽，又少了丽江浓厚的商业气息。

坊间有传言："不游岩头丽水街，不算来过楠溪江。"作为楠溪江畔的重要景点之一的岩头丽水街，这里的一切都显示出古朴之风。临河而建的丽水街，是岩头村独特的景观。其建于明嘉靖年间，至今已有450余年了。悠长的丽水古街，绵延300多米，有90多间一楼的商铺和二楼的阁楼紧紧相连，商铺前留有2～2.5米宽的青石路，有极富人情味的路檐廊绵延披盖，檐角垂挂着同样绵延的红灯笼，檐下临河侧有绵延相连的美人靠，蔚为奇观。檐外即是长长的丽水河，河中的游鱼欢快而恬静，河床修砌得异常整洁，对岸沿河都是曼妙多姿的冬季残柳和绿树，这一切和远山以及远山以外的天空构成了一幅清丽深邃的如诗画境，妙不可言，美不胜收。

清末的丽水街，曾颇具商业规模，曾经的商铺，早已褪去昔日的繁华渐渐淡化成了如今清幽的民居。秋水和作家们坐在丽水街长廊的美人靠上，看着古樟、古桥、古祠、古塔以及对岸其他的古迹，望着远山和天空，遥想着旧时南来北往的人们，在此小歇，尽享古村晴不曝日，雨不湿鞋的便利，闲适地与坐在美人靠上的美丽女子搭讪，是何等的轻松惬意呵。

作家们参观完整个岩头古村回归丽水街时，冬季傍晚的古街红灯笼早已绽放，红色的光影连成一片，河里河上都美不胜收。静静的河水枕着一河清波，静静地倒映着红灯笼和水阁。默默的青石路，默默地倾听着游客带来的喧闹。二楼阁楼中那一扇扇刻有典雅图案的木窗里传来的声声丝竹，都彰显着悠长寂静的古街几个世纪以来生生不息的脉脉文情。

在丽水街的人文古韵里，静闻岁月轻絮，静观时光流逝，秋水很感慨，从来，江南都是写意的水墨画。永嘉岩头村的丽水街，也是写意，只是，更是清丽深邃。

第二天清晨八点，秋水和作家们在岩头统干酒店吃毕早饭，不到半个小时的车程便到了永嘉的另一处胜景——崖下库。

他们循着一级级石梯拾级而上，便像是从人间慢慢进入了世外桃源。山间清澈见底的小溪一路浅吟低唱着，天是粉蓝粉蓝的，空气格外清新怡人，而那远山呢？因为昨日的雪未化停，又加上夜间的霜降冻冰，远远望去，到处流银淌白，静谧而神秘。

崖下库位于大若岩景区，为一下切 300 余米，长 1500 米，宽仅 10 余米的深涧。两侧陡崖壁立，中间巨石突出。涧分三级，一级一瀑，犹以含羞瀑最佳。崖下有碧潭，面积约100 平方米，潭底遍铺卵石，四周全是陡峭石壁，人立此处，如坐井中。其上有一巨瀑从天而下，瀑风裹雨，寒气逼人。每到雨季，瀑布罩住整个潭面，游人望而生畏，无法近前。崖下库入口处绝壁极险，须扶梯攀登而上。其四周尚有众多景点。门口路侧有一巨石，似人盘腿而坐，慈容含笑，谓"迎客仙"。左侧有一峡谷，长约 200 米，宽近 20 米，甚幽，称"仙人涧"。左侧山腰上，一石约 10 米见方，名"猫头鹰石"。在猫头鹰石上方 100 米处，有一长方体巨石，其下一粗短石柱支立，似抬轿状，名"仙人抬轿"。

　　游完了崖下库，在一泓绿水的引领，秋水一行走近了陶公洞，探秘了一个沉浮了数千年的神秘石洞世界。陶公洞洞口挂着陈光复的一副对联："佛寺旁名山，指点青嶂丹崖，何处描来峰十二；灵岩生古洞，坐看白云赤水，四时美化界三千。"

　　陶公洞宛如张开的巨蚌，蚌面皆是鳞片状的石纹，这究竟是大自然的创意，还是神工巧匠的杰作？不得而知。古意盎然的洞，幽静一片。

　　据永嘉的作家介绍，陶公洞被道家誉为"天下第十二福地"，位于大若岩山脚下，是一大型天然的岩洞。洞高56米，宽76米，深79米，是浙南最大的石室。

　　"洞内晦明，随云变幻，云归则暗，云散则明。"洞分上、下两层，下层建有三间观音阁，讲经坛可纳数百人。洞外建九楹前殿、钟鼓楼、厢房及僧厨。洞内南侧，一条56级石梯通向上层"天台"。天台后建有胡公殿，供奉胡公大帝座像，前面是文昌阁。神龛右下侧一罐状"赤水井"，常年不涸不溢，洞内南侧岩壁上有二条形长洞，谓之流米洞和白鲞洞。夜间灯烛辉映，洞壁白石，或似游云，或若鳞片，昏明异象，远近殊色。洞口绝壁上山溜滴珠，洒入池中，如同"天女散花"，正是"悬崖滴水晴疑雨，凉气袭人夏似秋"。

　　陶公洞历史悠久，二千年前，后汉甘露年间，道士傅隐遥曾隐居于此；三国时有道士王玄贞在此修炼；南朝齐梁年间，被称为"山中宰相"的著名道教思想家陶弘景隐此撰《真诰》一书。洞内殿宇始建于唐懿宗咸通七年（866），宋、明、清曾陆续修建。这里香火旺盛，游人如云，每年农历八月初至九月九，是为香期，烧香拜佛者日逾万人。

　　从陶公洞出来以后，两地作家合影留念。合影后，秋水和文成的作家们就依依不舍地踏上了归途。

　　联谊采风回来，永嘉的名山丽水一直在秋水的脑际反复出现。她相信若干年后的某天，她依然会忆起永嘉，因为她曾在永嘉的山水和人文里沉醉过。

　　每次采风或活动回来，秋水都会有感而发，写下了大量的散文和诗词。

　　作协、书画院和诗词学会的各种文学活动很多很多，这些活动都让秋水感受到了文学的魅力，也让秋水做到了自我实现，把她的人生价值发挥到了最大化。

第十一章　文朋艺友

秋水在文学方面有了一些建树和收获后，也结交了文坛和艺坛的一些好友，因为她在文学界有一定的名气，也因为她的好人缘。

一次，秋水与老少文友在一个画家朋友雷鸣球的凤溪河边的青藤小屋内喝茶品酒吃席，谈诗书画，谈文事政事世间百态。

天渐黑，离别时分，雷鸣球老师拿出一幅"品茗图"并配以她的名字出处的对联"春风大雅能容物；秋水文章不染尘"相赠，盛情难却，于是欣然接受。秋水被雷老师的赠画之谊感动了，也赠送了几本她自己的书给他。

归来，便细赏起此书画来。

其实那是一幅清雅的仕女图。

画正中石桌上有笔墨纸砚和书卷，石桌右边红衣仕女手持玉杯品茗，沉吟之间似乎欲赋诗于笺。左边绿衣仕女看罢手中书，正要端杯饮茶。旁有蓝衣书童汲来高山之水，正煮茶。细看那画中人儿，宛如出水芙蓉，纤尘不染，优雅之气跃然纸上。那背景，轻轻寥寥几笔青松与芭蕉，便是清逸之意。那色彩虽搭配纷繁，却清新淡雅之极。那画工，不说超然，也已绝妙。左上角空白处篆书题字，楷书落款，两个红色篆刻亦烂漫雅致。

如此集意境与画工于一身的美画，一看便让秋水爱不释手。

再看那副"春风大雅能容物；秋水文章不染尘"的对联。

这"春风大雅能容物；秋水文章不染尘"联为少时校长爷爷为家中长孙女秋水而取的名字原出处。此联出自清朝邓拓书房的自题楹联，因其联中有诗，诗中哲理与联相映生辉，风格清逸脱尘，内蕴深隽而深得爷爷青睐。深层的寄意是要她的胸怀与修养要达到极高的无俗骨之人生境界，这样言行方能无俗风，作文写诗也一样飘逸出尘，不同凡俗。虽然她觉得离此境尚远，但也一直在努力。

秋水与雷老师从无深交，他竟然从侧面知晓了她对此联的深爱而亲笔书联相赠，这是怎样的懂得呵！她感激这样的懂得，也珍惜这样的懂得。

"怎么可以这样懂我？雷老师，谢谢你！"秋水在心里想。

因为懂得，所以悲悯。人生有忘年交之朋如此，夫复何求？

她常常被这样的情谊感动。

是玉，迟迟早早有人识；是钻，从来不怕火烧火炼；是金，早早晚晚会发热发光。

就如雷鸣球老师其人。

此后，秋水和一帮文友经常到雷鸣球老师的青藤小屋雅聚，她把自己的书也一一相赠给他和各位文友。有时，秋水也邀请他和其他文友一起来自己的家里做客，大家把酒言欢，畅谈文学畅聊世间百态……

秋水从其他文友处得知，雷鸣球老师的启蒙老师沈洪保是他的恩师，每每谈到恩师，他就动容。沈老师是杭大中文系毕业的，在文成中学教过他，后调到温师院，现已退休。

雷鸣球老师 70 年代毕业于中国美院（原浙江美院）国画系，深得吴山明的写意画和宋宗元与顾生岳的工笔画真传。

他退休前在县文化馆搞群文美术工作，他每天傲居在青藤小屋，极少外出，除非文朋画友相邀。午后近晚起床，以酒代晚饭，一天仅此一餐，边饮酒边作画，直至凌晨画毕方才睡觉。

秋水感叹：如此酒风和艺术之气，如若唐时诗仙李白。

雷鸣球老师开过个人画展，有 30 多本来自全国、省、市级的获奖证书，但他为人低调，平日作品只受邀登在《山风》《政协书画院》和《今日文成》等处。

他卓然自立，不为世俗浸淫，不动声色地独活着。除了父母兄弟姐妹，凡尘没有给他其他附加成分。因为年轻时心爱的人与他人结婚了，他就一直单身至今未娶。如今将近古稀的他，总是喜欢一个人，不与他人来往。

雷老师白昼休息，夜里作画。他这样寂静的一生，有着世人高不可攀的孤独。

五官清俊的他，有着微卷的长发，一看就是纯纯真真一画家气质，但却一直过着人世间最欢喜也最清苦的独生生涯。如今一场大病后清寥的他，常常作画题诗会潸然落泪……

看得出他曾经那般喜欢吴山明的写意画，宋宗元与顾生岳的工笔画，亦喜极了仕女图，孤寂时，他只有在他的青藤小屋内画画。

他用他的静心，画这世间万物的美与好。

秋水尤喜他的仕女图，粗粗淡淡数笔，就画出了仕女的孤寂优雅。

他有 60 余张仕女图。

他画的仕女，挽着发髻，髻花各异。仕女的直鼻小嘴用简笔勾勒，无论怎样变化画法，似乎只有一张他自己心目中的面孔。那些仕女身着各色宽袖敞领衫，下着美丽长裙。手势多变，书卷、芭蕉扇和古铜镜等皆成为其首饰。仕女们体态婀娜多姿，举止安详优雅，神情淡定内敛，气质娇巧高贵。他画面相用笔极少，却每笔到位，脸与手用笔圆润流畅，衣裙领带线条勾勒细致清晰。

在画法方面，他自有自己的"雷鸣球式"风格。他的仕女图配图，芭蕉和菊花是他的最爱。他用"雷鸣球式"的优美楷书题古词配图，"雷鸣球式"的楷书、古词与仕女，将优美、高雅和美丽凑在一起，竟然更有一种"雷鸣球式"的别致韵味。

他画人物，那画中人，俱是一身仙风道骨。他那宋元古风的简约朴实之风，涤荡了世间太多浮花浪蕊之气。

人物画在国画中的地位向来颇高，而能画得出自己风格的人物画是多么地难得。雷老师的人物画，不是取材于真实的人物和影像，而是靠印象和想象所得。他的笔墨线条表现，是很主观和随意的，并且气氛轻松，意境自然。

秋水喜欢"雷鸣球式"的人物画，无疑有自己心迹画的风格。

他的作品，常常可见红、黄、蓝等鲜艳原色，画面的色彩丰富且具有跳跃感，但画面整体的色调，又非常和谐统一。画面的空间，自由随意地在虚拟与真实之间游离，他表现的艺术重点，不是人物的外貌、性格或神态等外在的东西，而是绘画本身的内在意象，并且富有更多的古风意境。

他的山水画，是心胸开阔山水清意世界，褪尽人世喧嚣纷繁。

他画山水，画中无人和动物，只是一派空灵恬静的山水和自然景物。那山水画里有陡峭，也有深渊，可以让观画者的心突然一紧，又一收，在收收紧紧中感受他那卧虎藏龙的每一笔，形成空灵和恬静的氛围。

有时他用笔及其沉缓，有时他也用迅疾的笔法和浓重的色彩，表达其内心的浪漫或不羁。最后以鲜艳的自然之景陪衬，他的《飞云江春色》和《九峰夜色》等等，皆可见家乡自然景色的曼妙和雄美。

雷老师的山水画亦有着如诗的意境，若不是经过一生的修炼，怎么会有这日出江花红胜火？怎么会有这月光如水水如天？

秋水这样想着，也是因为自己是爱画之人。

当然，雷老师的画远远不止这些。他不仅画人，也画鬼神，如《钟馗行酒图》等。他现代风格的画也不少，如《三月三风情节》《畲家对歌图》《畲族风情》以及《桔林》等，常常是获奖之作。

看着雷老师的画是会让秋水落泪的。他的画，绝对的寂，绝对的静，看得人心里自然生发怜惜。画中的孤绝，将时间都凝固了，常常会让人回溯至千年前。他的画，不浓，不淡，有着恰到好处的清新淡雅，几乎没有一点人间烟火味，就如他的本人。有时候，我们渴望这种与世隔绝高不可攀的孤独，可常人是怎么也无法企及的。

杜拉斯曾说过："我现在才明白在房间里待上十年，独自一人，是什么滋味，我明白在写作时我是一个远离一切的孤独的人。"

想到这句话，秋水笑了。空气中散发出漫天漫地的孤独的碎粒。对于一个真正孤独的人来说，杜拉斯此言显得太轻微了。雷老师孤独的内心之苦，谁人懂？他孤独地画画，不是十年，而是一生。

梵高说："一个人绝不可以让自己心灵里的火熄灭掉，而要让它始终不断地燃烧。"雷鸣球老师就是这样做的，他内心的明亮之火，始终在不断地燃烧着，激励他不断孤独地画着。但这孤独一旦枝枝蔓蔓起来，必会以最纯最净的姿态骄傲着。

其实像雷鸣球老师这样，彳亍在这个世间，以孤独的骄傲，一生茕茕孑立，也是难得的修行，更是难得的安贞。在他的眼里，世间的一切，不过是一江春水向东流。

所以，秋水现在再看雷老师的这些画，心会安静下来，静到不愿意回到尘世的喧嚣里。

雷鸣球老师的一生，一直在画着，激励着秋水，也要像他一样，不让自己内心热爱文学的火熄灭，她要坚持文学创作，做一个让人欣赏的作家和诗人。

当然，秋水在文艺圈的朋友很多。

她和国家级书法家叶诗彬老师也颇有交情，叶诗彬老师有一个清雅非俗的笔名——静远，号笔架山人。

在秋水看来，叶诗彬老师这个名号，透着幽远、孤旷、清高的意蕴，如天地生旷，书室弥香，砚墨吐馨，若晋人的墨韵，清人的笔涵，时人的高格。一如他的书法，既承接晋清，也融合当下时境，有自己的经纬。

她觉得叶诗彬老师确有这种涵盖。

因叶诗彬老师家的后山，有一笔架山，由此巧取"笔架山人"。似乎这千百年来就存在的笔架山，冥冥中就是为成就他这样天赋极高的书法家而自成的天然之景。

秋水与叶诗彬老师的相识，缘于一次邂逅。

一个三月的某日午后，她在大岙街新丰巷的邮局寄书给远方的某个文友，恰巧碰上一位气质不凡的儒雅老者来订《书法报》。

她很诧异，如此物质的年代，在如此的县城，竟有如此的老者愿自掏腰包订阅在常人眼里不屑一顾的《书法报》。

看面前清瘦修长的此老者，清眉，烁目，淡笑……一顶简约鸭舌帽，一副黑框眼镜，一身气质休闲装，好一副艺术家的矍铄范儿！

从书法开始，很快就有了话题。谈话中，他自称叶诗彬。这个名字秋水熟悉，在《文成诗词》里，在《今日文成》报纸上都见过。

再细想，原来他就是文成县大名鼎鼎的国家一级书法家叶诗彬老师，也是个老党员。

他谦和近人，与陌生的秋水一见如故。

临别时，秋水把她新出的诗集《时光的花朵》赠送于他，他把新写的六首诗词托秋水投稿给诗词学会，并互换了电话。

后来，叶老师托诗词学会的赵一方老会长带给秋水一本《叶诗彬书法选》。当时忙于琐事，无暇细看。

半月后的一个午后，当秋水得闲翻看叶老师的这本书时，在第4页上首，发现一幅形似神笔王铎风格的行草书，其上内容竟然为——题叶秋水《时光的花朵》："岁月步轻盈，含苞待放声。晔盛馥臻茂，花色动深情。"

明眼人一看就知道这幅作品是高手的手笔。当时的秋水，好一阵暖暖的感动。感动之余，立刻致电致谢叶诗斌老师，叶老师在电话里非常诚恳亲切，说要把此幅书法作品装裱好送给她，还对秋水的诗词予以很高的美评。秋水与他不过一面之交，就得其馈赠，心里的暖意真真无以言表。

秋水细细地欣赏此幅书法，它有着恰到好处的骨力，有刚柔并济的精妙，有洋洋洒洒的风日洒然。

这首五绝诗，不仅见证了他的书法功力，更是彰显出其古典诗词的功底，还有他对文友的真性情。

叶诗彬老师一生挚爱书法，从幼年起习书，怀揣与书法精神独往来的念想，常年将自我安顿在笔墨纸砚中。

因此，他是安静又忙碌的。退休后，他博采百家之长，让自己的书法有了格局和气象。

秋水明白，一个书法家的书法一旦有了自己的格局，也就有了生命的方向。一种物事，一旦有了气象，便离大器很近了。

退休，于大部分人来说，人生是要闲散地休息了，而叶诗彬老师却一意孤行地将自己常年闭关在书房里，勤练着最枯燥的书法。世人都爱鲜衣怒马，爱滚滚红尘的熙熙攘攘。而他例外，世间的一切喧嚣似乎与他无关，他喜欢这寂静枯燥到极致的翰墨人生。于他来说，在那最枯燥的世界里，有着世间最饱满的动力。

秋水欣赏叶诗彬老师的创作精神，同时也欣赏他的书法作品。她知道，枯燥，往往会赐予人更高的灵魂品味和耀眼的成就，譬如叶诗彬老师和他的书法。

叶诗彬老师专业从事书法创作已经 20 余年了，尤以行草见长。

卫夫人言："善笔力者多骨。"叶老师的草书，有自成一体的骨力。

他立足王铎之法，融王羲之《十七帖》之风，兼学张芝、黄庭坚、怀素、孙过庭、张旭、宋徽宗、驻允明等名家，从他们的精华中取了魂魄，泼墨于自己的草书风格中。

同时，他的草书书风也和现代草书大家沈鹏、言恭达、胡抗美、陈洪武、刘洪彪等相融。

废寝忘食地勤学苦练，使其所书草书，无不彰显天真自然洒脱性灵，不狂，不乱，一气呵成，有着行云流水般潇洒恣肆的风派。那纸色中的墨气，像秋水长天寂寂的无云天空，有许多或远或近舞动的形态各异鸟儿，远的充满想象，近的精彩动人。

秋水从叶诗彬老师的妻子陈美兰口中得知，他自中年起就学行书颜真卿《祭侄稿》《刘仲使帖》《争座位帖》、王羲之《兰亭序》、文徵明《滕王阁序》和董其昌、王绍基等，他透过前人作品，融自我的气度、风韵和情怀于一体，得其真髓，使之行书遒媚中见飘忽飞动神采，表露其超脱旷达的大美境界。

杜甫论："书贵瘦硬方通神。"他亦擅楷书，极有"颜柳"之风，透着端庄典雅，劲媚清健的瘦硬风格。其楷书亦若美女簪花，娟美妍丽中带着静中含动的静态美。

他的板书，隶书，篆隶等俱工，均自成格调。

当秋水细赏叶老师这本精致彩色的书法选时，心里觉得非常难过。这得经历多少孤独，才能写得出如此出神入化的字啊。人生，有的时候，要的正是这种与世隔绝、这种潜心专研的孤独，方能有一番成就。太多的热闹会让人随波逐流，会让灵魂无所皈依。

叶老师是安静的。他的字，静到可以听见心的声音，那笔墨浓，那笔墨淡，那所有的书风，都暗合了他的心意。

笔墨知人意。那字里放纵的孤独，在叶老师笔下绽放着。那横竖撇捺里，全是他的放纵，又全是他的沉稳。他把内心的激情与梦想，坚韧和毅力，都化作了书法之魂。他的字，自有自己的形神精义。那纯熟的书风，是经历了岁月之黄和时光淬砺的，能让人一看就沉醉在艺术的桃源中。一片醉意之后，细心揣摩，觉得那字不是单纯的墨迹，那墨色的沟沟壑壑里，有人之情有人之意，可亲，可感。

在回归现实的醉后里，秋水从叶诗彬老师的字里，可以看得见他的心迹。他希望被人读懂，如果你不懂他的话，他依然会一意孤行地照书。

看叶老师的字久了，秋水觉得有一种清醇，这是因为他的书法中内含的传统精气神与当代气息巧妙的融合。有传统，才不失老练，有时代气息，才能别开生面，自成一体。叶老师融合传统和现代，深层贯通，不似有些人，写了一生，或者沉迷于华丽的颓迷和故作姿态，或者停留在老套的传统中而一无所成。

叶诗彬老师的字自有固定的稳妥和随性，在那稳妥里又似乎藏匿着一场心灵的突围，而那随性中却透着花自飘零水自流的自在。他总是在不断地超越自己，沉迷在自我杜撰的那场突围战争里。因此，他的书法才能不断焕发出新的神采和境界，可看得见前人，也可照得见自己。这是只有内心真正孤独的人才能达到的境界。

除专长书法之外，叶老师还醉身文学。

在工作期间，他就是单位的第一支笔，单位里所有重要的新闻、报告以及各类文书均出自他手。

业余得空，便写诗填词。其诗词，清新飘逸，志高趣远，又恪守格律，规矩中见自由豪放，抒情咏物，自成意境。

他文书互修，将世俗的纷繁抛至脑后，一面执着于书法艺术的探究与进取，一面又致力于中国古典文学的创作，他将自己创作的诗词，以书法的形式表现出来。如他自书自写的《红枫古道》就可观其诗书功底："巍巍屹立画图中，险峻霜枫二月红。渲染秋光春异彩，烘天晚景气长虹。”

秋水总觉得喜欢书法和诗词的人，会有一种来自艺术的忧郁气质。这于审美上或许是一种人生趣味的提升，而于生活，却无多少得益。因为这样，会使心灵过早地进入陡峭地带，过着一种看似寂静实则勤苦的生活。虽然，人生因此厚重了，被人肯定了，更值得拿捏和回味了，但它们带来的枯燥和辛苦也同样多。

但是，像叶诗彬老师这样的人，比一般人更乐观豁达，比一般人付出更多对惘然时光的交代。他看似光彩耀人，实则人生的七情五味全在枯燥的诗书里。

除此，他能在哪里不与俗同呢？除了在诗词里，在书法中，在从春到秋，从少到老的刻苦中。

秋水对叶诗彬老师翰墨人生的理解，她觉得只是她很门外汉的个人陋观，简笔淡墨难以写全。孙过庭认为书法的最高境界是：“通会之际，人书俱老。”她觉得叶老师虽为古稀之人，其人和书却早已通会，臻于此境。

可叶诗彬老师却认为自己所得甚浅，还需继续勤学苦练。他仍每天与时间竞跑，仍忙碌地挥毫作书，他把内心的情志，都化成了可以触摸的笔墨意趣和艺术精魂。

中国的书法家们，都怀着谦卑在书写着自己的心声。叶诗彬老师自不例外。他认为，所有成就，皆为流烟浮云，不是他所求。他诚言，他追求的是书法之乐。他说：“艺术不是单纯的名气和获奖，而是来自灵魂的一种‘痴’，来自对自己人生境界的不断超越。”

如此，可见叶老师书品之高。

秋水相信，他能继续不断地超越自我。

但是，天妒英才，叶诗彬老师在 2013 年 8 月不幸染疾去世。秋水曾经去医院探望了他多次，他的追悼会是多个单位联合举办的，来悼念他的人很多，场面盛大。

故友逝去，秋水除了心痛以外，只能用手中的笔抒发怀念，她为叶诗彬老师写了一副挽联：笔下风神自成格；胸中斌蔚吟作诗。

后又写了一阕词《念奴娇·悼叶诗彬老师》来追悼他：

举头大鹤，叹东南邹鲁，悲含风物。怅望遗容怀故友，杜宇千声啼血。未语先觞，忘年之谊，对菊空凝咽。凿山内外，哪堪肠断永别。

多少契阔流年，只当须臾，披一生霜月。驰骋艺坛七十载，共识君心高洁。笔下乾坤，胸中彬蔚，自筑新城阙。诗书无继，痛来谁惜风骨？

一个周末的午后，秋水正在家中听音乐看书。音响里放着古曲《高山流水》，窗外的阳光，被时间煮过后，已有秋意，透过玻璃窗斜照，泛着金属光泽。

彼时，她看完一本《毕淑敏散文集》。正整理图书，赫然发现了文友王桂邈老师多年前赠给她的《食物的价值》《枫叶情思》和《岁月之声》，以及馆藏他的《心香一瓣亦风流》与《中药研究集成》这五本书。历经花开花谢雁来雁去的时光沉淀，它们依然不甘寂寞地飘着墨香，散发着暖意。

于是，她再翻其书，重品其书中味。

王桂邈老师书里的文字，都是朴素香气，也是纯净味道。朴素，如同老琴，每奏一声，余音绕心；纯净，恰似幽泉，每饮一口，必沁心底。

睹书思人，不禁让秋水想起了得王桂邈老师这五本书的前前后后。

记得初识王桂邈老师，是在她就读大学的第二学年。

应是落雨后春天的某个黄昏，晚自习前，只听寝室门口有同学叫："这里有没有文成的同学啊？有个文成老师来找文成的同学啰！"秋水和几个室友很快回应，说她是文成人。

虽说秋水的籍贯是文成，可从小在福建就学，当时回乡考上大学，刚回浙江，家住瑞安，人脉陌生，在老家文成也不认识任何老师，除了家人和亲戚，应该没有哪个文成老师会有什么事来学校找她。

正纳闷中，一个很学者范的陌生人走进了她们的寝室，他五十来岁，手中拿着一本书，身穿一套深色西装，与内里的白衬衫休闲搭配。圆脸，稍胖，微笑的眼睛有一份孩子气的真，有说不出的神采。而那气质，却似一棵植物，简朴，淡定。

儒雅平易的他做了自我介绍后，很快就和她们全寝室以及隔壁寝室过来的同学打成一片，具体和大家聊了什么，时隔多年，秋水已经记不大清楚，只记得当时气氛非常融洽，空前热闹的寝室里围满了人，她和同学们问了王桂邈老师很多问题，他都很有耐心地一一作答。

有同学细看他手中书，报出书名为《食物的价值》，作者是他自己，是正式出版社出版的。那时大家都觉得他是个非常渊博的学者，晚自习铃声响过很久了还不愿去上课。

当时，同样爱好文学的秋水，真觉得自己遇到文成的知音了，很以他为傲。

他还与大家长谈了很久，或文学或医学或其他……

当年在大学，因为喜欢看书，秋水常常到图书馆借书，管理图书的老师被他借烦了，干脆把学校图书馆的钥匙交给她管。她也写稿，投稿校刊。对文学，她与王桂邈老师一样，也狂热异常。

初次相识，倾盖如故。

原来，世间的知遇，都是一场似曾相识的重逢。每个喜欢文学的骨子里，都住着一个魔鬼，一不留神，刹那间就撞出共鸣的火花，这火花有一种魔力，吸引着有共好的人靠近，再靠近。

不久后，秋水得赠他的《食物的价值》一书，常常翻看，看后不仅自己做好书中的食物保健，还常常在人前卖弄书中知识，告知身边亲友熟人，为什么豆腐是长寿食品，萝卜上市为何药店闲等等，也学他"渊博"了一回。

之后，忙于学习和工作，多年没有去探寻他的消息。

直到十余年后。

因为秋水在文成县城工作以后，因喜欢文学，偶有投稿《文成报》，也常在报上见到王桂邀老师的文章。这之后，秋水才知道他在文成不仅是位有名的儒医，还是个著作等身的文化人，县委还专门为他召开过"王桂邀学术研讨会"。

一次，秋水想打听一个文友的消息，文成报社的人告诉她王桂邀老师的人脉广，或许他知道。于是，秋水从报社得知他家的大概住址后，就贸然去拜访。

他是文成的名人，家址很快就被秋水问到。在他的栖云书屋，只见四壁丹青书画，一橱一柜都见图书，墨香和书香很闹，全是人间雅意。

再见细看时，惊见王桂邀老师鬓旁的白发，感觉他较初见时憔悴了很多。当时和蔼的他身体已经有恙，见秋水来访，不怪她的唐突，很快从病床起来，领她至他的书屋，热情地和她谈了许久。

秋水给王桂邀老师看她的文章，他不仅给予肯定，还鼓励秋水要坚持文学创作。临走前，王桂邈老师送了《枫叶情思》与《岁月之声》这两本书给秋水，并亲笔提赠，还在书末页留了他的联系方式。

秋水看那《枫叶情思》，是他的深情。那些文字，是猛帅带的兵，一个一个，杀进你的内心。真切，但不讨好人；质朴，却可以读出泪来。

再看而那《岁月之声》，却是他的真意。每个字，都是阳光下飞云湖的水滴，一滴一滴，都冒着暖气，没商量就温暖了你。

之后几年，他们在街上或文学活动中时有碰到。不想却在2010年5月中旬听闻他的噩耗。因为上课忙，没法调课，王桂邈老师的遗体告别仪式也没去参加，成了秋水至今的遗憾。

当年校领导让秋水代表文成中学写了一副挽联给王桂邈老师，她还记得挽联的内容："心香一瓣，情系中医，执教杏坛垂典范；学识五车，名驰瓯越，著书文苑驻芳泽。"这是秋水的感言，也是文成医、学两界对王桂邈老师的共识，更是他一生的写照。

"痛不畏，苦不畏，沉疴不畏，文人真本色；言可尊，行可尊，学识可尊，王老是良贤。"这是秋水写给王桂邈老师的另一副挽联。在他住院期间，无畏疾病缠身，依然坚持看书写作。

秋水在整理图书时，又发现了王桂邈老师的《心香一瓣亦风流》和他的《中药研究集成》。

这《心香一瓣亦风流》，是他的庶遇。清一色的报告文学和通讯，主叙人事。这些文字，似一个素衣淑女，虽素之又素，然，越品越芬芳。

秋水再看这《中药研究集成》，正是他的专长。中医药新方、经方、老方，无一不精。

有文友告知秋水，若是看完王桂邀老师写的全部书集，就深谙整个文成了。

的确，王桂邀老师的书，每一本都是他的乾坤与光阴，每一本都是他对这人世的挚爱和交代。清灵山水，在他的笔中发光；凡人凡事，在他的笔间闪光；世象万态，也在他的笔尖聚光；中医新知，更是在他的笔下曝光。

秋水看到他的《枫叶情思·书缘》里有一句真好："平生难改爱书癖。"如他。

王桂邀老师如何其芳先生一般爱书、惜书、嗜书如命。不说他令人惊魂的 40 册专著，就说他对买书的一往情深。

秋水知道王桂邀老师惜书，书香染进他一生的光阴里。两千册藏书，每一本都是他的知己。家里的地盘，被书霸占最多。无论出差何地，逛书店，是他唯一最爱。为买好书，连回家的车票钱都不留。旧书不舍得卖，赠书却从不吝啬。其他种种借书、买书、藏书囧事，于他，都是乐事。

"学如登高贵艰苦，不惟功名是学问。"是王桂邀老师的座右铭。他自小家贫，初一后辍学，自学成才，医文双修，在温州一带名声苍茫。

如今，秋水再细看他书中的文字，不禁再发感慨。

文字于王桂邀老师，如芬芳的罂粟，欲罢不能。身为拔尖人才，他一直与时间赛跑，一生硕果。退休亦然，奔波于医文之间。他活在文字的芬芳世界里，活得又累又美，一直到生命的最后。他的身心呀，可以为文生，为字死。

秋水知道，王桂邀老师的骨子，是属于文字的，心里总保留着一种文人的清气，也保留着一份真。

他如他深爱的绿，一棵绿萝，抑或一株绿柳，有坚顽不争的品格，也有热情烂漫的性情，更有绿竹的正直孤高气节。这样的他，全身透着健康蓬勃的绿意，构成一个很文化的他。

他与人交往，不看地位贫富，拿真心来换。秋水这般如小草似的人，他也以真相交，感心至今。

当然，与秋水一样，源于文学，被王桂邀老师感动者，大有人在。他那满屋文朋艺友所赠的书画诗文，就是最好的明证。

"君子之交淡如水。"秋水和桂邀老师虽是淡交，但深爱文学的心，都是相通的。

而今，秋水也出了很多本书了，想赠书于王桂邀老师，奈何人成故，只能送其后人，就当对他的回报。

现在，秋水再看书中王桂邀老师的照片，他那眼中，分明闪现着动人的光，那是一种文人身上独一无二的光，而他，正是朝着这光的方向，一步一个脚印地前行，那更为光亮的文学殿堂，是他终身所求。

因此，王桂邀老师以书会友，以书为癖，一生为文，走得坎坷又坚定，带着一意孤行的狂热。

秋水还有一个忘年交文友徐世怀老师，他是原县小的校长，为人正直、谦和且热情，他曾获省第十届"春蚕奖"，并多次被评为县、市优秀教师。他饱读诗书，满腹才情，是写作的多面手，古诗词，现代诗文，无一不精。

秋水不仅为徐老师的人品折服，也为其文品感动。从1980年起，在执教之余，徐老师还潜心创作，撰写了大量的散文和报告文学作品，退休后热情依然。他一生所获的成就很骄人，除了教育事业以外，他将文学创作视作自己毕生爱好的另一事业，把自己在生活中发现的真善美蕴于笔端，著有多部个人散文集。他一边创作，还一边集中精力编纂地方教育史志、乡土教材，写学术著作。出版了多部教育史志。徐老师的散文以描写风土人情为主，文章集诗意、哲理、美感于一体，文笔朴素、新颖、自成一格。徐老师从教五十年来，获得各种荣誉 70 次，其中有 33 项是文学奖项。

文为心声。都说文字是作者人格的投影，心灵的展示。

徐老师不仅手写大爱，其本身就是个心怀大爱的人。他赞助一个贫困学生，并将其培养到大学毕业，后该学生成为他的乘龙快婿；他桃李满天下，经他言传身教，许多有作为的学生都称其恩师；在文学圈，曾为作协主席的他德高望重的一言一行也是人尽皆知的。

由此，我们可感知，他确实是心纯如荷之人。

徐世怀老师用他对文学的坚守，默默书写着一个作家对社会的真情和其对文学的浓情。

秋水有诗赞徐世怀老师：

> 毕生事业浓情酒，几册文章大爱歌。
> 字字写来真善美，心如兰芷意如荷。

当然，秋水文艺圈的朋友很多。忘年交的朋友也还有很多，如教书出生的文成县原县志办主任朱理老师就是她的挚友，他也是原档案馆馆长，为人谦和善良。朱理老师主编《文成县志》《文成续志》《文成工会志》等，他为文成县的方志工作贡献了毕生精力，秋水写过多首诗词赞其为人：

一

> 辛勤书今古，硕果傲繁枝。
> 翰墨留丹恒，芳华记颂碑。

文章今日锦，史志昔年师。

自有拳拳意，推诚字字痴。

二

风雨生涯不等闲，古稀已度若当年。

膝旁骄子天伦乐，案上丹心史志篇。

德厚山城播霖雨，胸怀梓里结文缘。

谦谦君子清芳在，甘做耕牛效圣贤。

　　另外还有徐世铮老师、吴君老师、胡晓亚、陈小琴等好友，对她的帮助都非常之多，她和他们的友谊也难用笔墨一一细数。

　　很多有所成就的文友都激励着秋水，让她明白，要想成为一个有所作为的作家和诗人，就要对文学付出一生的热爱和勤勉。

第十二章　岁月安好

斗转星移，寒来暑往，花开花落间，青春的时光弹指而过。已参加工作的秋水，看着身边的同事纷纷参加考研，每个人都在为更美好的将来努力着。于是，要强的她也报名参加了浙江大学的研究生考试，并顺利通过了温州学习中心的入学考试。因为她还没有时间学车，又要挤大巴又要打出租，挺麻烦的，也浪费时间。已考了研究生的钟海冬心疼她，于是，此后每逢周末上课或考试，他就开车送她去温州学习中心的考点，当起了她的专职司机。

当时的温州，建设得越来越好了，处处透出车水马龙的现代化大都市气派，到处是现代和时尚的建筑，恢宏大气的各式高楼林立，城市的色彩也异常丰富。

"温州越变越美了！比我以前在温州读书的时候更美了！"钟海冬一边开着车欣赏着温州的城市风景一边感叹着，他以前就读于温州大学生命与环境科学学院攻读化学生物专业。

但是他们夫妻俩并没有时间久留于温州市区，每次都是匆匆地来温州匆匆地回文成。

文成至温州有近 90 公里，约一个半小时的车程。每逢上课或考试当天清晨，钟海冬就起大早送秋水去温州。尤其是在考试当天，秋水在试场紧张考试的同时，钟海冬就在场外更紧张地为她加油。看秋水轻松出考场，他暗暗地为她高兴，看她压抑消沉，他就不断地给予鼓励。中午，他陪秋水一起吃午饭，下午，他则继续在考场外守候，直至下午 17:30 考毕再风尘仆仆地送秋水回家。开一个半小时的车，那是让人全身酸痛的累活，但他依然快乐地做他的专职司机。

就这样，入学伊始至今，他牺牲了自己的周末休息时间，风里雨里三年如一日地坚持到秋水学成毕业。每每看到此画面，同学都羡慕秋水不已，学习中心的老师和同学们常常赞她有一个好老公。

这些都是别人有目共睹的事情，钟海冬还有很多为秋水付出的辛苦，是别人看不到的。由于考研的课程大部分是网上授课的，需要用 FTP 软件下载网上实时教学视频，起初的两年里，旧版的 FTP 软件下载速度非常慢，每下载一次授课的多科目内容，都需要一整夜一整夜的时间，他常常夜里起床好几次，第二天还要坚持早早地起床买菜，送儿子上学，按时上班。

当然，更有许多不为人知的事，钟海冬都默默地帮秋水做着。帮她下载各种电脑软件以完善网络学习系统，帮她建立班级 QQ 群助她学习，帮她打理各种复习资料……钟海冬用他那颗雷打不动的心，为秋水付出了太多太多，无法一一言及。

每当秋水说些感谢他之类的话，钟海冬却轻描淡写地说这些是他应该做的。

"老公，你辛苦了！谢谢你！"钟海冬的疼爱和呵护，深深地感动并鼓励着秋水。

"傻老婆，这些是我应该做的，也是我乐意为你做的！"

于是，慢慢地，得到了相应的回报，秋水被推选为学习组长，她的好多文章发表于浙大校园文化专栏，多次被评为浙大优秀学生并获多个奖学金。

风风雨雨的考研路上，因为有老公的深情相伴，秋水才坚持走到了最后，秋水的成功有他的一半付出。钟海冬的真诚疼爱和呵护，他那一份对秋水的至情，让她感到无比的幸福和快乐。或许，于他来说，他对秋水只是一份简单的付出。于秋水而言，如此，已是一份最真的情感。钟海冬的这一份真情，弥足珍贵，这一份考研的记忆，秋水将永久珍藏。

看着眼前的浙大研究生毕业证书，回忆起在浙大求学途中的点点滴滴时，秋水有太多的感慨太多的感激太多的感恩……

之后，秋水用质朴而温暖的文字，将他们夫妻间的懂得和珍惜，将相守而相惜的记忆一一记录了下来。

考研后，秋水又参加了晋升考试。后来，她考到了中学语文高级教师，加上她工作一直积极努力，被评为市级名班主任。多年以来，她还为她班级里的贫困生申请到各种资助或奖学金，经常在这些学生最困难的时候帮助他们。在儿子钟奕洋读初三的那年，因为秋水的文笔好，被调到办公室任办公室主任。后来，钟海冬被学校的领导赏识，也调到了学校的教导处。

文成中学也从原来的大峃街处搬到更宽更美的体育场路了，学生越招越多，规模变得越来越大了。

秋水一家人在工作之余，会经常出去旅游。

盈盈的文成山水间，演绎着许许多多风格各异的风情，他们一家人就经常让镜头来定格住这一切。文成有拍不完的鹤川秀色，摄不尽的流年光影，吟不尽的山水人文。看！秋水一家人拍摄的文成风光和人文很多哦……

晨光暮色中的鹤川，是一幅幅清奇流动的山城水墨画；大峃古宅大院的红灯笼与烟花，绽放出除夕夜最璀璨的一瞬；林掩水映中的清溪秀湖，挡不住戏童的笑声与钓者的鱼钩；葱茏延绵的岩口茶园，有采茶女轻唱着最动听的采茶歌；飞檐翘角的深幽民居雪后初霁时，是一幅古韵盎然的雅致工笔画；令人垂涎的可口土特产，遍布了文成的山山水水……

盛大的祭祀场面，表达了刘基后裔对先祖最虔诚神圣的敬意；蔚为壮观的舞龙习俗，振奋和鼓舞了南田农民狂欢的心；精美绝伦的各类古装大戏和惟妙惟肖的提线木偶戏，体现了浓浓的民间艺术特色；西坑畲乡特色的服饰、悦耳清脆的山歌、边唱边跳的祈福舞蹈、特色的婚俗以及畲家独有的香竹饭和糍粑等，无不体现出浓郁的畲族文化和特有的民族风情；袅袅的佛院梵音，声声祝福着万众吉祥安康……

文成的山魂水韵和四季的春光秋影，早已幻化成了家家户户镜头下的梦幻画图，吟唱成了文人墨客笔下不绝的诗词篇章，自然也令秋水一家人难以忘怀。他们经常举行家庭旅游，游遍了文成的山山水水，又游到温州各地。

在一个国庆假期，一家人去温州市的龙湾旅游。

第一站是江南第一古堡永昌堡，永昌堡雄浑的气势让他们惊诧，和文成的古民居太不同了。

永昌堡是 450 年前的建筑，夹衬着当代时尚的楼群，永昌堡曾经沧桑的旧影与当代建筑的元素和谐地交融在一起，它凝重的肃穆和神秘的逶迤，深深地震撼了秋水，四百多年的风雨沧桑，时光的流逝，苍老了古堡的容颜，却无法褪尽其不可侵犯的庄严，依然固若磐石。

他们一家人走进古堡，抚摸古城墙的青砖方石，感触它历史的沉淀，秋水不禁好奇：这四百多年的岁月里，它曾经承受了多少风雨的洗礼？它究竟抵挡了多少金戈铁马的烽火？而它却像静默的老者，不言自威，无语诉尽其辉煌与黯淡。

　　有着"江南第一古堡"之称的永昌堡，俗称新城。建于明朝嘉靖三十七年（1558），为抗击倭寇保护当地百姓的安全，由王叔果、王叔杲兄弟倡议集民资历时 13 个月自筑而成。整个永昌堡为长方形，南北长 780 米，东西宽 445 米，高 8 米，基宽 3.9 米，周长 23656 米，城中有城堞 908 个，敌台 12 座，城门上建有谯楼，设陆门和水门各 4 座，筑上河与下河这两条人工河贯穿南北，堡内有状元府、督堂第、王绍志故居等 18 幢明清年代的古民居，城堡周边修有护城河。整个城堡处处透着古香古色的韵味，布局合理，有极强的防御功能。

　　他们进入永昌堡深处，眼前一亮，令人好不惊诧，雄伟的古堡不仅有其壮观的外在，还有着江南水乡妩媚的内在。

　　小桥，流水，垂柳，石栏，古屋，古祠，绿山，蓝天，游人，一切尽显江南水乡的细致清秀。

　　婉约的绿色小河，涓涓细流低吟着，是传唱了几百年的歌谣；河上的石桥，小小巧巧，造型各异，风采多姿，与河中自身的倒影相映成趣；河岸的绿色垂柳，叶长枝蔓，柳叶轻拂水面的绿波，曼妙又诗意；沿河连绵着雕刻精致的石栏，亦栏亦凳，美观且实用；两旁依水而建鳞次栉比的黑瓦古民居木门窗上的镂空雕花，展现了明朝时期的"明"风"明"韵，简约中透着古朴。

　　素有"江南故宫"之称的永昌博物馆，就在永昌堡内，其规模虽不及北京故宫，但整体格局相似，故有此美称。永昌博物馆始建于明嘉靖二十一年（1542），为原英桥王氏宗祠，正门上的"王氏宗祠"四个黑色的大字仍是当年原迹。

　　走进黄漆的馆门，就看到迎面而来的永昌堡褐底白字的简介碑以及它左边的永昌堡彩色地图。看来，要了解永昌堡的文化，一定先要细细参观这个博物馆了。

沿着方石路往前走，左侧雕有明代的石马、石将军、石虎等石器，后面不远处有瞻仰亭，还有明嘉靖皇帝的二道敕命石刻，右侧塑有明朝抗倭英雄王沛、王德公的石像，许多翠竹和松柏等绿色植物点缀其间。

这个占地 13 余亩的博物馆，远看馆貌恢宏，气势雄伟，近看各处的雕廊、画柱、飞檐、宏梁等，或猛兽或花鸟或有各种寓意的图案，都雕得异常精微细致，馆中的一梁一木都有一种特别的味道，透着雅致的古朴。这里有宫殿式民房建筑的特色，自然就有其古建筑的独特魅力。

从左侧的抗倭筑堡纪念展览厅开始环行而游，博物馆分有抗倭、城堡文化、名人、典型建筑四个主题展览厅，这些展览厅将这四个主题的内容以文字、图片、实物等形式展示给游客。

该馆内藏有珍贵的晋、宋、明、清民间历史文物 100 余件和圣旨缩影照等古物，还收藏了永昌堡历代进士举人所著的 70 多部明版著作等等。

永昌堡在老去，历史为证，沧桑虽已沉淀四个多世纪，但依然留下了印迹和故事。

"龙湾人不简单啊！"钟海冬感叹道。

"我深信，穿越时光，未来的世纪，它定然还会坚守在此。"儿子钟奕洋说。

"是的！这些古迹，大家一定会好好保护下去的！"秋水也很感叹。

"我来为永昌堡口占一首诗吧！"秋水说完，就一字一句地读出来——

彩韵天光紫气萦，香街广厦衬恢宏。

小桥流水怜花柳，褪却沧桑新意生。

老公和儿子都为她鼓掌。

接下来他们第二站游的是张璁祖祠。张璁祖祠看似平常无奇，因了张璁，就有了其特别的历史意义，有了其独特的灵魂，因此也就有了别样的存在价值。

张璁（1475—1539），明朝首辅，世称"张阁老"，是温州两千多年历史上唯一一位主宰全国政务达六年之久的宰相，在明嘉靖初年秉政期间，他勇于改革、勤政廉洁、爱民敬业、重视教育，其影响遍及全国。

他也是温州历史上一位功绩卓著的历史文化名人，著有《礼记章句》《大礼要略》《罗山奏疏》《罗山文集》《正先师孔子祀典集议》《金縢辨疑》《杜律训解》《敕谕录》《谕对录》《钦明大狱录》《霏雪编》《嘉靖温州府志》等。

温州的好些地名和景点，都与张璁有关。而这张璁祖祠，因他的牌位供于其中，故颇负盛名。

占地4000多平方米的张璁祖祠，也是张璁文化纪念馆，位于龙湾区永中街道普门村太师路53号，始建于明嘉靖初期，后由于种种历史原因而重建修缮。

走近该祠，浓郁的古文化气息扑面而来。太师路53号石制的门楣上写有"阀阅名宗"四个字，左右楹联为："霖雨黔黎望；威名草木知"，门的内侧还有一副楹联："恩光承玉陛；姓氏覆金瓯"，从这两副楹联可以看出，张璁对国家和百姓做出了不可磨灭的历史贡献，人人无不知其威名。

绿化很好的张璁祖祠至今仍然鲜活，是因为彰显了其生命的痕迹。

正门往里，右侧浓荫下的照壁中间写着一个大大的红色的"礼"字。张璁是研究"礼"的专家，曾助嘉靖皇帝完成他的孝心，他的"大礼议"事件至今仍被后世传颂。

左侧是一座石牌坊，上书六个字，上面写的是"玉音"两字，指帝王的金玉良言的意思。下面是"对扬休命"四个大字，大概就是答受皇帝的美命之意。牌坊的后背还有"三朝锡宠"四个大字，意为张氏受到明朝的嘉靖、清朝的康熙和乾隆这三个皇帝的恩宠。

经石牌坊门左拐，就看到了一块刻有张璁画像的长石碑，石碑后壁即是赞其一生丰功伟绩的碑文："天性孝友，气度朗豁；博览群书，奇伟迥特；建明大礼，成全圣孝；刚偃不回，慷慨任事；对扬休命，三朝宠锡；中兴贤相，一品四叶；正直无私，衣囊一箧；徇国纯臣，振古人杰。"

石碑往后，就是有两个巨大石狮镇守的祠堂正门了，门上悬挂着"张氏第一家庙"的匾额。避开祠门前的大镜，沿着长条石横铺的甬道前行，就到张璁祖祠正堂前了。该祠坐北朝南，土木结构，为严格遵循礼制宗法制度的"一品家庙"布局。祠内供着张璁本人和他的始祖及高、曾、祖、父等张氏的牌位。正堂五开间两进，中堂前排有两根柱子，后排有6根柱子，象征着"六部"，由此可看出这是个等级很高的民间宗祠。

祠的中堂上有许多匾额，其中嘉靖皇帝御赐的"龙光世美"和"敦伦睦族"这两块匾额格外引人注目。"龙光世美"是嘉靖皇帝希望张氏子孙可以将皇帝的恩宠世代相传的意思，"敦伦睦族"为勉励亲族及后世子孙之意。另有一副楹联也值得驻足："清贞弗喻凤冰蘖之燥；利害冈恤时陈谠之言"，意指张璁的生活非常清苦，且常常体恤百姓的疾苦，敢于向君主陈述正直的言论。另还有"大学士""中兴贤相""父子及第""黄阁元辅""青宫太师""四世一品""十一世大夫"等匾。

祠的两侧各有 7 间厢房，右侧一间厢房内各有一道嘉靖和崇祯皇帝颁的圣旨和 6 个金印原件。在张璁出仕期间，皇帝共颁了 200 多道圣旨，目前只留下 4 道。四周墙上，展出的是张璁出仕时期的大事以及有关他的传说。

整个祠堂，沉睡了几百年后，依然是满目堆积的郁郁葱葱。徘徊在历经沧桑的张璁祖祠里，在不经意间，似乎处处浮现了张璁曾经吟诗咏赋的身影，说不出的真实和亲切。

秋水想，原来，古祠也是有生命的，谁赋予它灵魂，它就有了鲜活的生机。

然后，他们去了国安寺，国安寺有千佛塔。秋水早就听闻了龙湾大罗山的国安寺和千佛塔，是一处寻佛探胜的绝佳禅境。虽非信徒，她还是愿随老公和儿子欣然神往。一家人开着车，在苍茫大罗山上疾驰而至，在不经意间，时空早已悄悄地被挽成"禅意"。

气度不凡的千佛塔，远远地就在迎接他们的到来了。洗却一身的尘，登上寺旁古塔的那一刻，秋水不知"俗"是否留在了尘世，欣赏着有 1062 尊千姿百态佛像的千佛塔，静闻寺中传来的空灵禅音，沉浸在"俗"与"佛"之间，她顿觉"佛"已无处不在，而寺与塔则静静地充满了禅意。

国安寺建于唐乾符年间（874—879），千佛塔为北宋年间（1090—1093）所建，也称国安寺塔或国安寺石塔。听当地文友说，为修建国安寺古塔，当地有许多传说，有传为制服吃人蛟龙而建此塔的故事，也有传建塔镇龟的故事等等，这些美丽的传说，都为古塔涂上了一层层神秘的色彩。

走向国安禅寺正门，迎面看到"佛门清净地，游客环保心"这样的提示牌，顿感佛心之温馨大度，如此简短的十个字，不仅是极富人性化的环保提示语，也是一句文化意蕴浓厚，且禅境高远微妙的禅语。

秋水说："据说，禅的境界是'言语道断，心行处灭'。"

"看来只有高深修为的高僧或雅士，才能写得出如此佳句了。"钟海冬接着说。

"我赞同！"儿子也附和。

走过四大金刚殿，大雄宝殿里僧人和佛教徒们的梵唱，声声入耳入云天。

幽寺空灵惊尘梦，禅音轻唱释佛心。佛曰："心清如水，意淡如云，名淡如风，利轻如云。"参不透禅意，于是，秋水他们就坐在桂花树下，在秋风中静静地聆听梵唱，让俗念如云水般悠然飘过身心，感受佛以慈悲为怀、普度众生的大度。

"其实，度与不度，一切随缘，不可强求，万事随心。不信？那就问问观音菩萨何以在此惊人驻足？"钟海冬说。

"果然有个大观音！"儿子惊呼。

秋水转身一看，这不，国安寺后山禅院中，果然有一座巨大的观音像。他们站在她的莲花宝座下，静静地瞻仰着她。只见端庄慈祥的她被塑上金身，高高大大地站在天上，右手优雅地持着柳叶，左手将净瓶中的圣水洒向人间，院门旁释放着美妙动听的佛乐。

山，静谧。寺，空灵。人，静思。品空灵悠扬的佛乐，旷达又鲜活。

"若能在此修身养性，沾染山水灵气，那人的一生一定也会充满禅意哲理，只叹我本俗人，禅意山水，难以一一说破。"钟海冬笑道。

"不行，我不同意你们来这里修什么身养什么性！看些心灵鸡汤类的书是一样的。"儿子也笑着说。

"其实，世间本无佛。世人杜撰出佛，不过是希望自己的精神有所寄托，希望自己和大家都向善罢了！"秋水是个作家，自然有自己看问题的角度。她说完这些，斜眼看了一眼他们父子俩，也笑了，她朝儿子竖了个大拇指。

他们在山水间感悟着禅心。望山间绿意盎然中或红瓦或绿瓦的古刹和高高矗立的古塔，宁静而悠远。

"天／这样蓝／树／这样绿／生活／原来可以这样地安宁和美丽"，感受席慕容的《禅意》，正合秋水此时的心境。

最后，他们去了大罗山的瑶溪。要想了解温州龙湾的大罗山，瑶溪是一个不可多得的好去处。走进位于大罗山脉东北麓的瑶溪，没有茂林，没有翠谷，没有江南小巧精致的清山丽潭，只见溪水细细潺潺，奇岩怪石层层叠叠。

瑶溪，本名瑶川，长约十里，俗也称"瑶溪泷"。瑶溪因溪得名，其溪水源于大罗山东谷，自山石罅隙间轻渗，汇成清溪，沿着峡谷奔流。明朝宰相张璁曾探源来此，见晶莹的溪水中岩石丽如美玉，叹道："溪石皆玉色也！"故易名为"瑶溪"。

他们自瑶溪山庄出发，经过玄真道观，从仰心亭拾级而上，循溪入山。由于秋季少雨缺水，溪流涓细，但溪岸与溪中却处处可见大大小小的巨岩。大自然的鬼斧神工真是让人无比惊叹！沿途的瑶溪泷峡谷异常险峻，其山体都是由千奇百怪的乱石堆砌而成，石罅之间只生长着少量的绿色植物。小溪险谷，层岩叠柱，灰白的山岩与绿色的石隙植物错综相间，构成了一幅千姿百态的山石图。雄伟壮观的大罗山，就是由这许多的奇山怪石构成的。

大罗山是温州人的骄傲，大家都亲切地称之为"家山"。它雄居温州东部，介于瓯江与飞云江之间，横跨龙湾区、瓯海区和瑞安市三地，山水异胜，奇峰耸峻，处处可见飞瀑流泉。

1.2 亿年前的大罗山周围曾经是一片茫茫汪洋，某次突然天崩地裂，景象壮观的火山爆发，岩浆从海底的裂缝中涌出，在火山口周围不断地被海水冷却而凝固堆积成 700 米左右大小不等的延绵山锥，大罗山由此诞生。

流年飞影，踏古而来的前尘旧迹，一亿年的苍茫岁月，让大罗山蓄满了时光沧桑的印记。

但如今，沧海已变桑田，巨变后的大罗山已成为城市的重要生态屏障，是温州这个大都市的内花园，有城市"绿肺"之称。它集山、水、滨海特色于一体，东边已成为土肥地沃、物产富饶的冲积平原，南面被改造成美丽的江南水网地带，西边是有城市"绿肾"之称的三垟湿地，大罗山和三垟湿地构成了温州的生态园，为当前全国沿海最大的城市"绿心"。

仁者爱山，智者爱水。历代仁人志士到大罗山游玩，忘情山水之时，曾留下了许多诗词名篇，谢灵运有诗云："扬帆采石华，挂席拾海月。"王瓒有诗叹："东瓯海潮日吞吐，大罗山势常崔嵬。"王毓有诗赞："万仞崔嵬石鲜斑，孤标不数不周山。"当然，如此好句，不胜枚举，这些都为大罗山的胜景平添了许多浓郁的文化韵味。

匆匆一日，他们一家人不可能看尽瑶溪全貌，也不可能游遍大罗山全景，更不可能窥一斑而知全貌，延绵的大罗山，他们约定日后再来逐层掀开它神秘的面纱。

"开心生活，用心工作，努力学习。"这是她们一家人的口头禅。

游毕大罗山，一家人到温州市区动车站旁边大象城的小区新买的套房里休息，晚餐在小区旁边的大西洋银泰城的海底捞火锅店吃火锅。

因为文成体育场路的套房买得早，当时买的时候也便宜，加上买理财赚了些钱，因此这些年秋水一家人的积蓄有盈余，于是轻轻松松地用公积金贷款在温州市区也买了这套136平方米的套房，节假日或周末有空来温州，一家人都会来这里住上一住。应了18岁儿子的要求，家里的小车又新买了一辆奥迪A7。

"以后退休，我们一家人就随儿子一起住在温州市区了。"秋水高兴地展望以后的美好生活愿景。

"那是自然啰！以后儿子要在温州发展，我们一家人是一定要一起住温州的！"钟海冬也很高兴地说。

"以后我可以再买个套房的！"儿子充满自信地说。

"好！宝贝加油！我们都要加油！"秋水一直以来都叫儿子宝贝的。

到龙湾的大罗山等处游玩回来后，秋水自然而然地有感而发，她以一首五律诗来直抒胸臆：

四野秋光阔，罗山偶一临。

峰随天际绿，云到眼前深。

唤侣鹰鸣和，迎风涧响参。

优游何幸事，可听短长吟。

儿子钟奕洋高三毕业的这一年，教育局的领导也赏识秋水的才学，将她调到了教育局办公室。

秋水要满18周岁的儿子钟奕洋利用高考结束的这个暑假

学车，钟奕洋也兴致勃勃地学成了。

后来，儿子钟奕洋考上了杭州的浙江科技大学。

一家人坐动车一起送儿子去杭州读大学，顺便去杭州旅游，西湖自然是第一站。

从来没有哪一处风景，让秋水如此依恋。西湖那一幅美丽的江南画卷，似浅吟低唱的婉约诗词，不时唤起她心底温柔的记忆。

秋水看过太多关于西湖的银幕画片，看过太多关于西湖的文字赞美，在她的心目中，杭州西湖，就是江南至美的风景。西湖那不着铅华的美丽，令她一见倾心。

一家人开开心心地在九月的烟雨中游西湖。

婆娑起舞的梧桐树下，留下了他们一家人眷念的身影；桃红柳绿的沿湖堤岸边，留下了他们快乐的踪迹；鸟语花香的美人靠上，留下了他们难忘温馨的回忆……

那一湖的诗韵画境，步步生情，处处有意。

"如何让我遇见你，在我最美丽的时刻。"有人说晴湖不如雨湖，当烟雨西湖呈现在秋水眼前的时候，她突然就想到这个句子，心，就突然悸动了："西湖，就这样见到了你，在我最美丽的时刻，是的，我来了，也是在你最美丽的时刻。"

这难得一见的雨湖，不是想遇见就能遇见的，更何况，秋水一家人所遇见的这烟雨，是真真正正的江南烟雨，有烟的袅娜、纱的迷离、雾的朦胧。而这秋天里的细雨，确是如烟如纱亦如雾。若烟稍浓，难见湖中山柳的倒影；若纱更密，则会掩去湖天的神韵；若雾再稠，就难现仙境般的缥缈。

烟雨中的西湖，秋水怎么看随处都是一幅意境无限的水墨画，本就有如水墨般点染，薄雾轻纱般的烟雨中，西湖显得更加朦胧，更加梦幻，处处晕染出浓烈的水墨气息。沿湖美景一发不可收，一处更比一处绝，不管是烟里看柳，还是烟锁湖天，抑或是浮烟笼山，目光所到之处，到处都幻化出天堂仙境般的美。

青山秀水的一湖画廊，恬美得让她这个诗人心惊。那一湖的迷蒙清澈，若虚若实，绝非一句如诗如画、如痴如醉所能描绘的。

千百年来，西湖，曾痴迷过无数文人墨客，曾醉倒了无数的才子佳人。柳永有"三秋桂子、十里荷花"，苏轼有"欲把西湖比西子，淡妆浓抹总相宜"，杨万里有"接天莲叶无穷碧，映日荷花别样红"，白居易有"处处回头尽堪恋，就中难别是湖边"……

一家人沿着湖边漫步，风，是如此地温柔，温柔到可以融化他们的心。水，是如此的灵性，窈窕曼妙的柳枝，轻拂湖面，搅动细细碎碎的一湖清活涟漪，让秋水浮思联翩。

西湖，是一个令所有人充满想象的地方。有想象，也就有了一湖神奇的民间传说。玉龙山和凤凰山上，玉龙和金凤还在日夜守护着嵌在神州大地上的西湖这颗明珠；雷峰塔下，断桥边，许仙与白娘子那个缠绵悱恻的《白蛇传》还在民间被演绎；万松岭的书院中，梁山伯与祝英台相识相爱的故事还在被世人传唱；西泠桥畔的慕才亭里，苏小小的香魂还在郁郁地吟诗；孤山上，不食人间烟火的林逋"梅妻鹤子"的佳话还在被传说……

烟雨中的西湖，犹如含泪的美人楚楚明眸，诗情画意难描绘它的美丽容颜，而人的想象力也难形容它梦幻般的神秘画卷。

秋水想："用如诗如画来形容西湖的话，也是高看了诗人和画家了，古往今来的文艺家们，有谁写全了西湖的千种诗情？又有谁画尽了西湖的万般画意？"

罢，罢，罢！不再想象，还是一家人好好地继续赏山赏水赏西湖吧！

九月雨中的西湖，有一湖飘飞的柳浪，一湖的碧波清浪，一湖的山岚倒影，一湖的游船和游人。

他们站在湖边，观湖天一色，一缕缕轻烟薄雾，聚了散，散了又聚，在西湖和叠峰里飘飞，薄雾轻烟萦绕着湖和峰，湖靥和峰颜藏于轻纱中，愈发妩媚动人，有种含羞带怯的"千呼万唤始出来，犹抱琵琶半遮面"的莫测和神秘，更带着仙境的缥缈神韵。

其实，至美是无法言说的。西湖，在她最美丽的时候，被秋水不期而遇，她不知这是一种怎样的缘分。

"为遇上这场恰到好处的西湖烟雨，也许，我已修了无数个前世今生。"秋水陶醉地说。

"老妈，你的诗人病又犯了。"儿子奕洋笑着说。

钟海冬则看着他们母子俩含笑不语。

曾经，刚下车，秋水为杭州如蚁车流和如织人流困顿的那会儿，她误读了杭州的盛情；曾经，在赴西湖的路上，被冰凉凉的雨雾、湿淋淋的天气愁住的那会儿，她曾心生怨尤。

"殊不知，就因为这如织的人流和如烟的秋雨，她才看到了最富有生命力和最美丽的人间天堂。"游罢西湖，秋水释怀地说。

"是呀！西湖晴天有晴天的美，雨天也另有一番味道呢！"钟海冬也感慨地说。

缘分，可遇而不可求。秋天游西湖，或许不是偶然，而秋水一家人与这霏霏不成雨、绵绵只袅娜的西湖烟雨的邂逅，不仅仅是巧遇，还是上天赐予他们的最美的美意。

　　游完西湖，一家人随儿子开着共享汽车去杭州的百年老字号名菜店"楼外楼"吃美食。

　　一路上，一家人欣赏着杭州这个人间天堂美丽大气的国际化大都市的风光，心情很惬意。大街上杭州人的穿着虽然没有温州人那么时尚，朴素的也有朴素的简单大气，精致且有品位的也尽显内蕴。沿西湖而建的杭州老城区，城市主干道分别是天目山路、延安路、环城路以及武林路等等。连接着京杭大运河与西湖的延安路，处处都彰显了一座大城市的气息。街头巷尾，都夹杂着令人心旷神怡的气氛。武林广场是杭州的地标，是杭州的娱乐和商业以及文化中心，到处都充满都市风韵的城市地标，这里当之无愧地成为杭州城市建设的经典。宽敞无比的城市马路以及各种商业综合体的摩天大厦在杭州遍地可见，杭州的民营经济发达、民富程度高，所以消费能力在全国名列前茅，众多的大商城与商贸综合体的入驻是杭州新一轮城建不可或缺的部分。欣赏着这一切，让人不知不觉地就会爱上杭州这座充满活力的城市。

　　一家人开着共享汽车，很方便地就到了杭州这家知名的"楼外楼"。它的外观看上去非常简约大气，内部的装修也较富丽堂皇。这里的菜品做得非常精致，这个店成了很多外地游客慕名来杭州必去的一个人气餐厅，生意很火爆。儿子钟奕洋是吃货，他点菜自有一手，随便看一眼菜谱，很快就点了楼外楼的几个名菜：西湖醋鱼、东坡焖肉、干炸响铃、龙井虾仁、叫化童鸡、火踵神仙鸭、西湖莼菜汤。

　　吃着杭州的名菜，儿子赞不绝口："今天这样吃吃玩玩，才是真正的杭州味道！"

　　一家人都幸福地笑了。

　　游罢杭州归来，秋水用一首《苏幕遮（步韵范仲淹）》来回忆西湖之美和对西湖的留恋之意：

雨丝天，莺语地。万柳含烟，烟笼千山翠。清活湖光衣带水，飘渺天堂，更在秋光外。

撰新诗，怀眷思，故地流连，缱绻消人睡。再赏西湖曾醉倚，别后残荷，犹带相思泪。

如今，儿子钟奕洋大三在读，长成了一个帅哥，小V脸和大舅舅年轻的时候是一模一样，五官和爸爸简直是同一个模子里刻出来的，比爸爸更高更帅。给钟奕洋写情书的女生也很多，但是他有自己心仪的女生，他说先要努力向上做个好学生，功成名就以后再考虑恋爱的事情。秋水很欣慰，儿子的三观很正。

"我的老妈长得像老妈，别人家的老妈长得像奶奶。"儿子在人前这样夸秋水。

秋水生了儿子以后，内外兼修，又保养成别人口中的"资深美才女"了。很多人说他们母子俩像姐弟，有时她是文艺休闲范，有时她是端庄的教育工作者范，有时她是婉约熟女范……百变的她无论走到哪里，都是一道靓丽的风景。

现在儿子的成绩优秀，正在攻读研究生。秋水自从来到教育局以后，因为综合表现好，在党员中事事都能起到带头作用，每年都被评为"优秀共产党员"，教育局领导班子召开党组成员会议，推选她为教育局党委副书记。

钟海冬也在勤奋地工作着，他的工作责任心特别强，为了学生和学校的工作，常常加班加点地干。他心疼秋水，不仅支持秋水搞文学创作，还包揽了家里很多的家务。家里老人年纪大了，买菜、烧饭、拖地等家务基本都是他在做。他和秋水都很孝顺家里的老人，一家三代同堂，其乐融融。钟海冬对儿子也非常疼爱，像个孺子牛一般无微不至地呵护着。他在当地享有模范老师、模范老公和模仿老爸的美称，单位里的领导们对他的评价很高，把他从教导处主任提升为副校长。

如今的秋水，桃李满天下，学生们遍布全国各地，教师节他们都会给她发来贺信。钟皓博的爸爸因病去世了，但是每年有空来文成他都会来看他最牵挂的秋水老师。现如今，他来文成都会带上在同校教书的未婚妻一起来看秋水了。

时光易逝，人到中年，洗去铅华后的秋水心态早已清绝明净，但是依然对任何人和事保持着最初的热情和真诚。她告诉自己，面对未来，要有一种千帆过尽的低调和淡定。低调，仍应有作为；淡定，仍应有激情。

"老妈，为什么这些年你工作和写作都这么拼啊？"儿子问秋水。

"就为了我们家美好的小康生活啊！再说我是一个党员，做任何事情都要比一般人努力呀！努力工作有工资拿，努力写作有稿费领，努力生活有美好的未来。所有的努力付出，都可以让我们达到自我实现。"在秋水眼里，小康生活不仅仅只靠工资收入达到一种殷实的生活状态，身为党员，还要有自己的人生追求，不仅要生活舒适，还要精神富足，更要多为社会做些无私的贡献。

"每个人都无私付出一些，我们的社会就会越来越好，我们的生活才会变得越来越美好。"秋水这样对儿子说。

从教以来，秋水无私地帮助过很多贫困的同学，如今他们都成家立业了，过上了自己想要的生活。

当初秋水回乡高考追求小康生活的人生梦想，如今也早已经实现，她每月的工资也加到了近万元。并且，周围的亲友和同事们大都过上了小康或更富足的生活了。她的老家桂东村如今是一个美丽乡村了，遍地是农家别墅，村村通的公路四通八达，乡亲们的生活也越来越好了。秋水多次带领诗人们去桂东村采风写诗，村里景区的各楹柱上都刻满了楹联，在她和乡贤们的努力下，她的老家近些年出了两本书——《桂东今古纪事》和《双桂诗词》。

文成县城也越变越好了，很多近 30 层的高大上建筑和小区拔地而起。

如今的中国，也已经全面进入了小康社会，正如秋水的诗所写：

> 四时吹试春风色，一派繁华尽入图。
> 举世皆惊犹砥砺，康庄处处正清姝。